JN120415

3
ill.
櫻井みこと
黒裄
婚約者が浮気相手と駆け落ちしました。
王子殿下に溺愛されて幸せなので、
今さら戻りたいと言われても困ります。

「……」
エスト
ビーダイド王国の第二王子
「正常に稼働しなかったのは、兄上も確かめたのですか？」
アメリア・レニア
田舎の領地の伯爵令嬢であるが、サルジュの婚約者

アレクシス
ビーダイド王国の
第一王子
「ああ。もちろん何度も確かめた。
だが、何度やってもベルツ帝国では正常に稼働しない。
サルジュにも、すぐには原因がわからなかったようだ」
ユリウス
ビーダイド王国の
第三王子
「それならば、魔導具の提供を中止すべきでは？」

サルジュ
ビーダイド王国の第四王子
「何度も同じことを言ってしまうかもしれません。それでも、わたしのことを嫌いにならないでください」
「あり得ない。だから心配はいらないよ。むしろ私の方が、アメリアに愛想を尽かされないように気を付ける」

カイド・
エデッド
サルジュの
護衛騎士
リリアーネ・
アリータ
アメリアの
護衛騎士

「サルジュ様のことが好きです。
サルジュ様と出会えたことで、
わたしの人生は光を取り戻しました」

「アメリアの、好奇心の強くて、
謙虚なところ。集中力。
困っている人を放っておけない優しさ。
虐げられても折れない強さ。
すべて、愛しいと思っている」

# CONTENTS

婚約者が浮気相手と駆け落ちしました。

# 王子殿下に溺愛されて幸せなので、今さら戻りたいと言われても困ります。

櫻井みこと

ill. 黒裄

*konyakusya ga uwaki aite to kakeochi shimashita.*
*oji denka ni deiai sarete shiawase nanode*
*imasara modoritai to iwaretemo komari masu*

# 第一章　ベルツ帝国の異変

窓から差し込む日の光が眩しくて、思わず目を細めた。

見上げた空は青く、雲ひとつない。

天気は快晴だが、今年の夏もあまり気温が上がらず、例年と同じく冷夏になるだろうと予想されていた。

ビーダイド王国の魔法学園の敷地内には、王立魔法研究所がある。

そこで昨年の農作物のデータをまとめていたアメリアは、そっとため息をつく。

（今年も、寒い夏になりそうね）

自分がまだ幼い頃は、北方に位置するアメリアの故郷でさえ、夏はとても暑かった。

それが、年々気温が下がっていき、今となっては夏の盛りの時期でさえ、晴れ渡った日は数えるほどしかなくなっているのだ。

アメリアは地方貴族出身で、実家のレニア伯爵家は多くの農地を有している。

だから夏とは思えないほど涼しい日が続くと、農作物への影響を考えて、どうしても気持ちが沈んでしまう。

それでもこの三年間で、冷害の対策は十分にしてきた。

（うん、今から悩んでいても仕方がないわ）

アメリアは、憂鬱を振り払うように勢いよく立ち上がる。

その成果も少しずつ表れてきていて、今や主食の穀物の収穫量は、冷害が深刻になる前に戻りつつある。

特に、ビーダイド王国の第四王子であり、アメリアの婚約者でもあるサルジュが品種改良した穀物と、彼と一緒に考えた水魔法を使った魔法水の効力が大きかった。

他にも成長促進魔法を付与した肥料や、雨を降らせる魔導具など、ふたりで開発したものはたくさんある。

（ふたりで、というか……。わたしはただ、思いついたことを話しているだけ。それを形にしてくださっているのは、サルジュ様だわ）

アメリアは相愛の恋人である彼を思い浮かべて、柔らかな笑みを浮かべた。

サルジュは、ビーダイド王国の直系の王族にのみ引き継がれる光魔法の他に、土魔法を使うことができる。

さらに植物学の知識も豊富で、彼は品種改良を繰り返して、冷害に強い穀物を作り出した。

この大陸で主食とされているグリーという穀物は、春に植えて秋に収穫する。けれど、冷夏が続くと収穫量がかなり落ちてしまう。

気温が低くても育つように品種改良をしたグリーは、今年は、王国内のほとんどの農地に植えられていることだろう。

ただ虫害に弱いという弱点があったが、それも虫害を防ぐ魔法を付与した『魔法水』を使うことによって解決できる問題だ。

彼がいれば、この国だけではなく、この大陸の食糧事情は改善するに違いない。

アメリアは、そう信じている。

一歳年上の彼は先に学園を卒業してしまったが、アメリアも今年で王立魔法学園を卒業する。

今はサルジュとは別行動になることも増えてしまい、少し寂しいが、来年になればまた一緒に行動する時間も増えることだろう。

（それどころか……）

アメリアは、自分の手を見つめる。

そこには、サルジュに贈られた婚約指輪がある。

（来年の春、学園を卒業したらすぐに、結婚することになっているのよね）

指輪を見つめていると、思わず笑みを浮かべてしまう。

これは魔導具でもあり、アメリアに危機が迫ったときは、サルジュにも伝わるようになっているらしい。

実際、去年公務として訪れたジャナキ王国からの帰り道で、アメリアが攫（さら）われそうになったとき、異変を察したサルジュが助けてくれたこともある。

この魔導具を作ったのも、サルジュだ。

過去には数多く作られていた魔導具も、近年ではほとんど使われなくなっていた。

この国では貴族出身の者はすべて魔法が使えることもあり、単純な魔法しか使えない魔導具は、あまり需要がなかったのだ。

サルジュはその魔導具を改良し、複雑な魔法も使えるようにした。

さらに使用者が魔法を付与するのではなく、製作者が付与することによって、自分の属性以外の魔法も発動させることができるようになったのだ。

この婚約指輪に込められているのは光魔法だが、アメリアは魔力を通すだけで発動させることができる。

サルジュの魔法に、アメリアは常に守られているようなものだ。

（わたしも、もっと頑張らないと）

サルジュと結婚すれば、アメリアは王子妃となる。

そのための勉強もしなければならず、この夏までは、サルジュと離れたことを寂しく思っている時間もないほど忙しい日々を過ごしていた。

学園が終わるとすぐに王城に戻り、王太子妃であるソフィアに、王族の一員となるための勉強を教えてもらっていた。

だが今は、その勉強も一時的に中断している。

前よりも少しだけ時間に余裕があるせいで、ついこんなふうに、物思いに耽（ふけ）ってしまうのかもしれない。

「アメリア、どうしたの？」

空を見上げてため息をついたアメリアに声を掛けてくれたのは、王立魔法研究所の副所長であり、サルジュの兄ユリウスの婚約者であるマリーエだ。

「マリーエ」

アメリアは振り向いて、彼女を見つめた。

銀色の巻き毛に、きつめの顔立ち。

小柄なアメリアと違って、すらりと背の高い、なかなか迫力のある美人だが、厳しそうな見た目に反して、とても正義感が強くて優しい女性だ。

二年前、婚約者だったリースの策略で孤立していたアメリアに、最初に手を差し伸べてくれたのは、このマリーエだった。

サルジュと婚約しているアメリアにとっては、いずれ義姉になる人であり、彼女の方が一歳年上だが、大切な親友でもある。

今ではすっかり名前で呼び合う仲だ。

サルジュと同い年の彼女はもう学園を卒業しているが、研究所の副所長に就任している。

王立魔法研究所の所長は、サルジュの兄であり、第三王子のユリウスだ。

マリーエは忙しいユリウスの代理として、この研究所にいることが多かったが、卒業してからもアメリアのことを何かと気に掛けてくれる。

だからアメリアも、彼女には何も隠さずに、正直に思っていることを話すことができた。

「たいしたことではないの。ただ、今年の夏も、あまり気温が上がらなそうだと思ったら、少し心配になってしまって」

　そう告げると、マリーエも頷いた。

「……そうね。ユリウス様も気にしていたわ。サルジュ殿下が品種改良した穀物と、あなたの魔法水があれば当分の間は大丈夫でしょう。だけど、これからも毎年気温が下がってしまったら、いつか対応できなくなるかもしれないと」

　深刻そうに言ったマリーエだったが、アメリアが顔を上げると、視線を合わせて優しく笑う。

「でもあなたとサルジュ殿下なら、何とかしてしまいそう。わたくしは、そう信じているわ」

「……うん」

　たしかに、マリーエの言う通りだった。

　今までの研究で成果を出しているにもかかわらず、サルジュはもっと先のことを考えて、さらなる研究を続けている。

　もしこれから先、ずっと冷害が続いたとしても、サルジュならばきっと、それを解決する術を生み出すに違いない。

　だからアメリアは、そんな彼を一番近くで支えるだけだ。

「そうね。不安になっている暇なんて、わたしにはなかったわ」

　笑顔で言葉を返す。

　それに、忙しいのも自分だけではない。

　この秋に婚約者であるユリウスと結婚するマリーエは、アメリアよりもさらに忙しいはずだ。それなのに、こうしてアメリアを気遣ってくれる。

（みんな、優しい人たちだわ）

元婚約者だったリースには、たしかに酷い目に遭わせられたこともあった。

でもその後は、周囲の人たちにとても恵まれている。

だからアメリアも、自分にできることを精いっぱいやって、恩返しをしたかった。

アメリアのために色々と教えてくれていた王太子妃のソフィアも、そのひとりだ。

彼女との勉強会が中断されているのは、身重のソフィアがそろそろ出産の時期を迎えるからだ。

いつもは他国を忙しく渡り歩いている王太子のアレクシスも、何度も帰国しては、ソフィアの様子を見に行っているようだ。

アレクシスはサルジュと同母の兄で、四人兄弟の中でも一番強い魔力を持っている。

幼少時にはその魔力をうまくコントロールすることができず、兄弟たちとは離れて暮らしていたらしい。

その経験のせいか人一倍家族愛が強い。

弟や妻であるソフィアはもちろんのこと。

第二王子エストの婚約者であるジャナキ王国の王女クロエ。

第三王子ユリウスの婚約者であるマリーエ。

そして、第四王子サルジュの婚約者であるアメリアのことも、本当の妹のように可愛がってくれる。

アメリアにとっても、優しくて美しいソフィアは憧れの的だったし、王太子のアレクシスのことも信頼し、尊敬している。

用意できるものなど限られているし、もちろんふたりには、他にもたくさんの祝いの品が贈られるだろう。それでもふたりの間に初めて生まれる子どものために、何か特別な祝いの品を贈りたいと、ずっと考えていた。

（でも何がいいのか、まったく思いつかなくて……）

学園が終わり、王城に帰る馬車の中でも、アメリアはずっとそのことについて考えていた。

第四王子のサルジュと婚約してから、アメリアは王城の王族が住まう居住区に部屋を用意してもらっていた。

結婚すれば王子妃になるとはいえ、まだ婚約者でしかないアメリアが王族の居住区に住むことを許された原因は、ふたつあった。

ひとつは、この国の食糧事情を解決するために熱心に研究を続けている、サルジュをサポートするためだ。

彼は研究に集中してしまうと、休むことも食事をすることも、簡単に忘れてしまう。

アメリアはそんなサルジュが熱中しすぎないように、助手をしながらも注意を促す役目だった。

だがそんなアメリアも、どちらかというとサルジュと似たような性質で、ふたりで朝まで研究を続けてしまったことが、何度もある。

（わたしも、もっと気を付けないと……）

過去にやらかしてしまったことを思い出すと、居たたまれない気持ちになる。

今までサルジュの護衛騎士であるカイドと、その婚約者で、アメリアの護衛騎士であるリリアーネには、とても面倒を掛けてしまったと思う。

そして、もうひとつの理由は。

(リースのことでも、色々とあったから)

アメリアは、元婚約者のことを思い出す。

王城に部屋を用意してもらった一番の理由。

それは元婚約者であるリースが、かつて敵国であったベルツ帝国に通じて、アメリアを拉致しようとした事件があったからだ。

冷害に悩まされているこの国とは違い、険しい山脈を越えた向こう側にあるのがベルツ帝国だ。

その国ではこちらとは正反対に、雨が降らずに気温が上昇し続けていて、国土が砂漠化してしまっていた。

そして、それを解決できる魔導師を求めていたのだ。

リースは土魔法、アメリアは水魔法の遣い手である。

砂漠化を解決するには最適だと思ったのだろう。

この大陸では、魔法を使える者が減っているらしい。

このビーダイド王国は、貴族のほとんどが魔力を持って生まれているが、クロエの出身地であるジャナキ王国では王族のみが魔法を使えるらしい。

他の国でも、今は同じような状態であり、ベルツ帝国に至っては、きちんとした魔法を使える魔導師は、もはやひとりもいないらしい。

（南側では魔導師がまったくいなくて、北側にあるビーダイド王国には多い。そのことに、何か関係があるのか、調べてみたいと思ったこともあったわ）

他国の魔導師の数を簡単に知ることはできずに、いつしか諦めていた。

それに、優先しなければならないことは、もっとたくさんある。

とにかくベルツ帝国の状況はビーダイド王国よりもさらに深刻だった。

だからこそリースに接触して唆し、水魔法の遣い手であり、サルジュの助手を勤めていたアメリアを狙ったのだろう。

もちろん、その企みは失敗している。

サルジュや他の王子たちが、アメリアを保護してくれたおかげだ。

用心のために、学園寮よりも警備が厳重な王城に住み、サルジュと同じ馬車で学園に通うことになったのだ。

そのリースは、事件後に魔法を封じられて、罪を犯した貴族が投獄されている建物に幽閉されていた。

この王立学園に入学するまでは、リースもアメリアと普通に接してくれていた。将来は彼と一緒に、故郷のレニア領地を継ぐと、信じていた。

予想もしていなかったリースの裏切り。

そして将来をともにするはずだった彼の顚末を、完全に忘れることはできないだろう。

(まさかわたしが、王族の一員になるなんて。あの当時は、まったく思いもしなかったわ)

アメリアの運命はあの事件で大きく変わってしまった。

そんなことがあっても前を向いて新しい人生を生きていくことができるのは、今がとてもしあわせだからだ。

「アメリア様」

ふいに、声を掛けられた。

顔を上げると、馬車の入り口から、護衛騎士であるリリアーネが覗き込んでいた。

アメリアの護衛騎士であるリリアーネは、この国ではあまり数が多くない女性騎士だ。

女性が少ないのは、力で劣る女性がわざわざ剣を使わなくても、魔法で戦うことができるからだ。

けれどどんなに魔法が強い力でも、他国では条約によって魔法の使用は制限されている。

だから他国に赴くことが多い要人の護衛に、女性騎士は欠かせない。

それに、アメリアの護衛に男性がつくことを、サルジュが嫌がったのだ。

アメリアも護衛されることにまだ慣れていないので、女性であり、見た目も普通の令嬢にしか見えないリリアーネが護衛騎士になってくれて、本当によかったと思っている。

リリアーネの声に我に返ったアメリアが周囲を見渡してみると、いつの間にか王城に到着していたようだ。

「ごめんなさい。少しぼんやりしていたみたい」

慌てて謝罪してから、馬車を降りる。

「お疲れですか？」

「ううん。ただ、考えることが多すぎて」

そう答えると、リリアーネは優しく笑う。

「ご無理はなさらないでください。もしアメリア様に何かあったら、悲しむ方はたくさんおりますから」

「……ええ、ありがとう」

真摯に頷く。

今のアメリアは、自分のことなんか誰も気にしないとは思わない。

大切な人がたくさんいるし、大切にしてくれる人も同じくらいいる。

その人たちに無理をしてほしくないように、自分も心配をかけるようなことはしてはならないと思う。

王城に戻ったアメリアは、そのまま自分の部屋には戻らず、リリアーネと一緒に、王太子妃の部屋に向かった。

リリアーネと王太子妃のソフィアは友人同士で、とても仲が良い。

こうしてたまに会って話すことを、ソフィアも楽しみにしているようだ。

「アメリア、リリアーネ、いらっしゃい」

ソフィアはベッドではなく、ソファに坐って寛いでいた。

顔色も良く、体調も良さそうだ。

ソフィアの妊娠がわかってから、アレクシスはいつも傍にいる。こうしてソフィアに会いに来て、彼がこの部屋に滞在していたことも何度もあった。

けれど今日はその姿がないようだ。

「アレクシスは、ベルツ帝国に行っているの」

思わず周囲を見渡してしまったアメリアとリリアーネにソフィアはそう言い、その言葉にふたりとも納得する。

たしかにそんな理由でもなければ、アレクシスがソフィアの傍を離れることはないだろう。

「アレクシス王太子殿下が、あれほど心配なさるとは思いませんでしたね」

リリアーネが、しみじみとそう言う。

彼女の婚約者のカイドは、サルジュの護衛騎士でもあるが、もともと彼女もアレクシスとは学生の頃からの付き合いらしい。

昔の彼をよく知っているだろうリリアーネは、妊娠がわかったソフィアに対する過保護な様子に、随分驚いたようだ。

でも心配するのも無理はないのではないかと、アメリアは思う。

アレクシスはもともと兄弟の中でも一番魔力が強く、しかも王太子である彼の子どもならば、必ず光属性を持って生まれるのだろう。

このビーダイド王国の王族の直系は、光魔法を使うことができる。

王子は四人いて、王太子のアレクシスと第四王子のサルジュは正妃の子であり、第二王子のエストと第三王子のユリウスは、側妃の子である。

四人とも光属性を持っているが、長男で王太子であるアレクシスの子どもにだけ、光属性は引き継がれる。

だから生まれてくる子どもは、アレクシスに似て強い魔力と光属性を持っているに違いない。

だが魔力の強い子どもを産むのは、母親にとってもかなりの負担となる。

ソフィアも王太子妃に選ばれるだけあって、かなり強い魔力を持っている。

それでもソフィアを大切にしているアレクシスは、心配になってしまうのだろう。

そのアレクシス自身も、幼い頃は自らの魔力をうまく制御できず、弟たちとは離れて暮らしていた。

自分の過去のことも、思い出してしまうのだろうか。

(ああ、そうだわ)

ふとあることを思いついて、アメリアは思考を巡らせる。

元婚約者のリースのように罪を犯した貴族は、魔法の力を封じられてしまう。それは、魔力を完全に断ってしまうほど強い魔導具らしい。

それを、魔力を完全に断つのではなく、少し弱めるくらいに調整した魔導具が作れたら、まだ魔力の制御を覚える前の子どもには役立つのではないだろうか。

魔力の強い子どもは、制御できない魔力を暴発させることや、周囲の人たちに意図せずに危害を加えてしまうことがある。

子どもなのだから、不満に思うことも、叱られたら嫌だと思うことも、当然あるだろう。

そんな当たり前の感情に、魔力が引き摺られて暴走してしまうのだ。

幼い頃のアレクシスが隔離されていたのも、それが理由だった。

だから、生まれてくる子どもが自分と同じようなことにならないか、今から心配しているのだろう。

その懸念を取り除く魔導具が作れたら、出産祝いにはふさわしいのではないか。

そう思いつく。

（戻ったら、さっそくサルジュ様に相談してみよう）

アメリアはソフィアとリリアーネと一緒にしばらく会話を楽しんだあと、自分の部屋に戻った。

着替えをしてから、今日もサルジュがいるだろう王族専用の図書室に向かう。

王城にも大きな図書室はあるが、そこには常に色々な立場の人が出入りをしている。常在している文官がいるとはいえ、サルジュはそのまま徹夜をしてしまうことも多い。

だからサルジュの研究と彼自身を守るためにも、兄たちが王族の居住区に、彼専用の図書室を作ったのだ。

それ以来、サルジュはほとんどの時間をその図書室で過ごしている。むしろ図書室というよりは、彼専用の研究室だろう。

去年、王立魔法学園を卒業してからは、ますますその傾向が強まっていた。

いくら防犯面では問題がないとはいえ、何度も徹夜をしていたら体がもたない。

だからアメリアは、学園が終わったあとはなるべく彼の傍にいることにしていた。

研究熱心なあまり、周囲の意見をほとんど聞き流しているサルジュだったが、それでもアメリアの言葉だけは、きちんと受け入れてくれる。

（嬉しいけど……。責任重大でもあるわ）

その責任感が、自分も研究にのめり込みがちなアメリアを引き留めてくれる。

アメリアにサルジュを託してくれる人たちは、アメリアのことも心配してくれる。

その心に報いるためにも、サルジュだけではなく、自分自身の健康にも気を付けなくてはならない。

図書室の扉を開いたアメリアは、魔導書に熱中しているサルジュの姿を見つけた。邪魔をしないように気を付けながら、彼の傍に近づいていく。

真剣な顔をして資料に集中していたサルジュだったが、アメリアの気配にすぐに気が付き、笑顔を向ける。

「ああ、アメリア。帰っていたのか」

輝くような金色の髪に、美しいと評判の王妃によく似た容貌。

出会ったばかりの頃はやや線の細い印象があった。

だがこの春に学園を卒業し、この国での成人の年齢に達したサルジュは、以前よりも精悍になったように思える。

思わず見惚れていると、サルジュは魔導書を閉じる。アメリアは導かれるままに、彼の隣の席に座った。

「はい。先にソフィアお義姉様のところに寄ってきました」

そう報告する。

まだアメリアはサルジュの婚約者にすぎないが、ソフィアには義姉と呼んでほしいと言われている。その言葉通り、本当の妹のように可愛がってくれていた。

「そうか」

ソフィアの名を聞いたサルジュの表情が、柔らかくなった。

サルジュと同じ母親の兄はアレクシスだけだが、王族の四兄弟はそんなことは関係なく、とても仲が良い。

もちろん、長兄の妻であるソフィアとの仲も良好のようで、兄弟全員が、アレクシスの子どもが生まれることを待ち望んでいた。

「アレクシス様はご不在でしたが、体調も良く、お元気そうでした。ベルツ帝国に向かわれたそうですね」

「ああ。でもアレク兄上のことだから、すぐに戻ってくるだろうね」

サルジュはそう言って笑った。

この国の直系の王族だけが使える光魔法はあまりにも強く、普段は色々な制限があって、自由に使うことはできないようだ。

それでも今の情勢を考えて、各国の間を一瞬で行き来できるように、移動魔法だけは使えるようになった。

アレクシスはその魔法を使って、新皇帝のカーロイドが即位したばかりのベルツ帝国を、頻繁に訪れているようだ。

ベルツ帝国は、険しい山脈の向こう側の国である。

少し前まではこのビーダイド王国とも敵対していた国で、カーロイドが即位した今も、亡き前皇帝のように山脈のこちら側に攻め入ろうという考えを持っている者が少なくない。

さらに皇帝の異母弟（おとうと）たちも、まだ帝位を狙っているのではないかと言われていた。

暫定的に皇太子ではあったが、他国への侵略に強く反対したために、父によって幽閉されていたカーロイドには、帝国内にはそれほど多くの味方はいない。

だがこれ以上の争いを避けるためにも、ビーダイド王国ではカーロイドを支持している。

アメリアが考案し、サルジュが制作した雨を降らせる魔導具も提供している。

もともとベルツ帝国がビーダイド王国の王族を狙うようなことや、険しい山脈を越えてまで他国に攻め入ろうとしていたのは、国土が砂漠化してしまい、食糧不足になってしまったからだ。

それを少しずつでも解消し、帝国の国民たちが平穏に暮らせるようになれば、きっとカーロイドの地位も盤石となるだろう。

だが、大切な妻がもうすぐ出産を迎える時期である。

アレクシスも、いつもよりも頻繁に帰国しているようだ。

「それほど長距離の移動魔法を何度も使うのは、アレクシス様の負担にはならないのでしょうか？」

心配になって思わず口にすると、サルジュは問題ないと、きっぱりと言った。

「でも、そんなことはきっとアレク兄上しかできないだろうね」

サルジュたちの父であるビーダイド王国の現国王よりも、アレクシスの魔力は強いらしい。

その自覚があるだけに、生まれてくる子どもと、母親となるソフィアが心配なのだろう。

「あの、サルジュ様。ソフィアお義姉様に贈るお祝いの品のことで、少し相談があって」

いつも忙しいサルジュの時間を奪ってしまうのは心苦しいが、思いついた話を聞いてほしくて、声を掛ける。

「何かいい案はあった？」

優しく促され、ほっとしながらも、先ほど思いついた魔導具について口にした。

「はい。アレクシス様とソフィアお義姉様の子どもですから、きっととても強い魔力を持っているのではないかと思います」

「うん、そうだろうね」

アレクシスが、あれほどまで妊娠したソフィアを気遣う理由に、当然のことながらサルジュも気が付いていた。

「成長して魔力を制御できるようになるまで、それを抑えるような魔導具が作れたら、と思ったのですが」

やや緊張しながらも、そう提案する。

この国では、魔力を封じられるのは罪を犯した者だけだ。

それを王太子であるアレクシスの子どもに贈るなんて不敬かもしれないと、言ったあとに不安になったが、サルジュは穏やかな顔で同意してくれた。

「そうだね。それがあれば、兄上も安心するだろう。だが、完全に魔力を封じてしまうと、制御を覚えることもできないから、抑えるだけのものを開発しなくてはならないね」

そう言うと、既に魔導具の仕組みについて考えだしたようだ。

魔力を完全に封じてしまう腕輪は、昔からこの国に存在していて、いつ作られたものなのか、アメリアは知らない。

おそらく、王族だけが使う光魔法が使われているのだろう。

かなり古くから使われているらしく、魔導具の構造も当時から変わっていないようだ。

もともと魔法を使える者が多いこの国では、あまり魔導具は発展していない。

罪人の証しのようなものを、たとえ改良するとはいえ、アレクシスの子どもに付けても本当に大丈夫なのか。

サルジュは自然と受け入れてくれたようだが、その辺りは、サルジュではなくユリウスに相談した方がいいかもしれない。

サルジュのすぐ上の兄であるユリウスは、二年前にアメリアが元婚約者のリースに陥れられたとき、サルジュと一緒にアメリアを助けてくれた。

身内にはとても優しいが、厳しいところもあるユリウスならば、どうするのが最善なのか、一緒に考えてくれるだろう。

ユリウスもマリーエ同様、秋に執り行われる予定の結婚式で忙しく、この日も話す機会がないまま終わってしまった。

（どうしよう……。でも私用で、お忙しいユリウス様に押しかけるのも……）

きっとどんな用事でも快く迎え入れてくれるだろうが、さすがに申し訳ない。

どうしたらいいか悩んでいたが、その翌日のこと。

学園から帰ったアメリアに、メイドが、第二王子であるエストが呼んでいると教えてくれた。

（エスト様が、わたしに？）

第二王子であるエストは、ユリウスの同母の兄だが、あまり体が丈夫ではなく、成人してからも、公務にはほとんど関わっていなかった。

ジャナキ王国の王女であるクロエと再婚約することが決まり、それからは少しずつ、表にも出て来るようになった。

クロエのことで相談されることはあったが、彼とふたりきりで会うのは初めてかもしれない。

だから、どんな要件なのか不思議に思う。

（もしかしたら、クロエ様に関することかしら。クロエ様は何かあっても遠慮して、エスト様にはなかなか話せないらしいから……）

エストが待っているのが王城の図書室だったこともあり、そう思った。

まだ正式にエストと婚約をしていないクロエは、王族の居住区にある図書室には入れないからだ。

きっとクロエもいて、何か困ったことを相談したいのかもしれない。

だがアメリアの予想に反して、図書室にいるのはエストひとりだった。

エストはユリウスと同じ黒髪を長く伸ばし、アレクシスと同じ青い瞳をしている。

アレクシスとユリウスは、父である国王陛下に似ているが、エストとサルジュはそれぞれの母によく似たようだ。

だが正妃と側妃も従姉妹同士なので、四人兄弟はよく似ているし、とても仲が良い。

アメリアはひとり娘なので、仲の良い兄弟を少しうらやましく思う。でも、もうすぐ彼らとも義理の兄妹になれる。

そう思うと、心がふわりと温かくなる。

いつも気に掛けてくれる優しい彼らと家族になれるのは、とても嬉しい。

「急に呼び出して、すまなかったね」

エストはそう言うと、アメリアに着席を促す。勧められるまま、アメリアは彼の向かい側の椅子に腰を下ろした。

「実は、アメリアに聞きたいことがあってね」

エストはそう言うと、机の上に資料を広げた。それを視線で追ってみると、どうやら王立魔法学園に関するもののようだ。

「これは……。学園の?」

「そう。二年前、アメリアが巻き込まれた事件をきっかけに、学園内で問題が起こった場合の対処方法を改善しなければならないと思った」

エストが言うように、リースに陥れられた事件では、それに便乗したまったく関係のない生徒から、嫌がらせを受けたりした。

アメリアは幸いなことに、第四王子であるサルジュと知り合いになることができて、彼に助けられて、そんな状態からは脱することができた。

だがその結果として、リースやセイラ。そしてエミーラの三人が退学処分となり、他にもアメリアに食堂で紅茶をかけようとした女子生徒や、エミーラに唆されて偽の証言をした女子生徒が停学処分となっている。

弟のユリウスやサルジュから聞いてその事件を知ったエストは、まず学園の在り方を修正しなくてはならないと、色々と模索してきたらしい。

後から聞いた話だが、年齢に関係なく、優れた素質を持つ者がより良い環境で学ぶための特Ａクラスの設立にも、実はエストが関わっていたようだ。

「規律を守ることも大切だが、高位貴族が罪を犯した場合、それを咎める者がいないのは問題だ。サルジュも卒業してしまい、もう十数年は、学園に王族が入学することもないだろう」

「そうですね」

アメリアは同意した。

たしかに彼の言うように、次に王立魔法学園に王族が入学するのは、もうすぐ生まれるアレクシスの子どもだ。

「王族がいても、あまり変わらないかもしれないけれどね」

エストはそう言って、困ったように笑った。

たしかに、アメリアの事件のときには、三年生にユリウス。

そして二年生にはサルジュがいた。

だが身分を理由に人を虐げる者は、自分よりも上の者に対しては、むしろ従順な態度を取るものだ。

アメリアの事件のようなきっかけがなければ、わからなかったのも無理はないではないかと思ってしまう。

それにユリウスもサルジュも、学園内のことよりは、この国の問題を解決するために奔走していたことだろう。

この国は、少し前までは年ごとに酷くなる冷害に悩まされ、国内の食糧を確保することで精いっぱいだったくらいだ。

サルジュの研究が実を結んだことで、こうして国内の改革に取り組める余裕ができた。

エストの学園改革も、その計画のひとつだと思われる。

「父より、王立魔法学園の学園長になって内部改革を行うようにと命じられた。思い出すのはつらいかもしれないが、もう少し詳しく、当時のことを教えてほしい」

「エスト様が、学園長に……」

後から聞いた話だが、当時の学園長は優秀だったがあまり身分は高くなく、高位貴族の令息、令嬢には、あまり強く接することができなかったのだと言う。

能力重視で抜擢しても、従わない者ばかりでは改革を行うことはできない。

だがエストならば、きっとこの学園を変えることができる。

だからアメリアも、できる限りの協力はしようと思う。

「はい、わかりました」

エストは気遣ってくれたが、当時のことを思い出してもそれほどつらくはない。

それに、たしかに当時の学園の雰囲気は、今考えても異常だったと思う。

アメリアがリースと婚約のことで揉めていたとしても、当事者同士で解決するべき問題だ。

それなのに、アメリアはなぜか学園中の生徒からさげすまれた。

リースの策略が巧みだったのかもしれないが、それだけではなかったのだろう。

自分よりも立場の弱い者ならば、虐げても構わない。

当時の学園には、そんな雰囲気が存在していた。

それはここ数年のことではなく、おそらく何年も前からそうだったのかもしれない。

むしろあのときは第三王子のユリウス、第四王子のサルジュが在学中だったことを考えると、王族のいない年はもっと酷かったのではないかと思う。

表に出ていないだけで、当時のアメリアのような目に遭っていた人がいた可能性もある。

そう思うと、サルジュやユリウスと知り合えた自分は、とても幸運だったのだと思う。

(だから、わたしの経験が改革の参考になるのなら……)

アメリアは当時のことを思い出しながら、疎外されるきっかけになったこと。

周囲の反応。

教室での様子。

そして友人だと思っていた人たちの変化を、事細やかに説明した。

エストは厳しい表情をしながらも、アメリアの話を最後まで口を挟まずに聞いてくれた。

「たしかに、君の元婚約者の策略が巧みだったというよりは、学園内にそんな雰囲気が存在していて、それに便乗していた者が多かったのだろう。つらいことを思い出させてしまって、すまない」

すまなそうに、そう言ってくれたエストに、アメリアは首を横に振る。

「いいえ。わたしには、サルジュ様やユリウス様。そしてマリーエが味方になってくれました。だから大丈夫です」

強がりなどではなく、心からの言葉だった。

それからも色々と話し合いをしたあと、エストはぽつりと呟く。

「私自身は学園に通っていなかったからね。まさかその私が、学園長になるとは思わなかった」

そう言って、サルジュによく似た柔らかな笑みを浮かべる。

あまり体が丈夫ではないため、エストは学園には通わずに、家庭教師に勉強を習っていたのだと聞いたことがある。

「今の学園内のことでしたら、クロエ様に聞けばよろしいかと。わたしはほとんど研究所にいたので、今の状況はよくわからなくて……」

アメリアが普通の教室に通っていたのは、入学してから半年ほどだ。

あれから随分経過したので、今は雰囲気が変わっているのかもしれない。

そう提案すると、エストは頷いた。

「ああ、そうだね。クロエにも協力してもらうことにするよ」

そう言うエストの腕には、そのクロエが制作した魔導具の腕輪がある。

それは以前、アメリアがソフィアとユリウス、そしてクロエに作り方を教えた魔導具で、簡単な治癒魔法が込められているものだ。

それぞれソフィアは夫のアレクシスに、ユリウスは婚約者のマリーエに。

そしてクロエは、エストのために制作したものだ。

エストはそれを大切にしてくれているようで、それを見たアメリアも嬉しくなって、思わず笑みを浮かべる。

（魔導具……。あ、そうだわ。あのことを、エスト様に相談してみようかしら）

ユリウスは忙しそうで、わざわざ呼び出して話を聞いてもらうのも申し訳ないと思っていた。

これから学園の改革を行うエストもなかなか忙しいだろうが、こうして会うことができたのだから、話を聞いてもらっても良いだろうか。

「あの、エスト様。少し聞いてほしいことがあって」

そう切り出すと、学園の資料を広げていたエストは、顔を上げてアメリアを見た。

「私でいいなら、もちろん聞くよ」

やや緊張して切り出したが、優しくそう言ってくれて、ほっとする。

「学園を退学になってしまった人たちが着用している、魔封じの腕輪のことなのですが」

「魔封じの腕輪？　学園を退学になってしまった人たちについてかな？」

「いいえ。あの……。実は、魔力を完全に消してしまうものではなく、弱めることができる魔導具が作れたら、と思ったのですが」

アメリアはエストに、生まれてくるアレクシスの子どものために、魔力を抑える魔導具があれば、と思ったことを話した。

「でも魔封じの腕輪は罪人の証しのような気がして、それを贈るのは失礼ではないかと気になってしまって」

話を聞いたエストは、少し考え込むような顔をした。

「……たしかに、魔力を制御できるようになるまで抑えることができれば、アレク兄上のように、魔力が原因で隔離されてしまうことはないだろう。けれど、魔封じの腕輪は魔力を完全に抑えてしまう。その辺りの調整は必要となる。それが難しくて、今まで他のことに使用されることはなかったようだ」

魔封じの腕輪は、まだ魔法が戦争のために使われていた時代に生み出されたものだと、エストは話してくれた。

その時代に、魔導具作りに長けた王族がいて、光魔法を使って魔封じの腕輪を作り出した。それを、今まで受け継いでいたようだ。

「でも、魔法に詳しいサルジュなら作れるかもしれない」

「はい。サルジュ様には先に相談して、開発してみると言ってくださって。ただ贈ってもいい品なのか、判断ができなくて」

「そうだね。サルジュは、そういうことには疎(うと)いから。でもこの国では、魔導具に関しては一番詳しい。きっと用途に合った魔導具を作り出してくれるだろう」

ビーダイド王国では魔法を使える者が多いので、魔導具はあまり使われていなかった。

だがアメリアに守護魔法を込めた指輪型の魔導具を贈ってくれてから、サルジュはその研究にも本格的に取り組んでいる。

サルジュならばきっと、ソフィアのために、魔封じの腕輪によく似た効果を持つ魔導具を作り出してくれるだろう。

エストも、アメリアの考えに賛成してくれた。

「魔封じの腕輪を贈るのなら問題があったかもしれないが、サルジュとアメリアがふたりで作り出した魔導具なら大丈夫だよ」

サルジュとアメリアのふたりの研究の成果や作り出した魔導具は、国内のみならず他国からも高い評価を得ている。

エストは誇らしげにそう言ってくれた。

「……ありがとうございます」

称賛を受けるべきなのはサルジュであり、自分はただ彼の手伝いをしているだけだ。

でもそのサルジュが、アメリアがいたからこそだと言ってくれる。

エストだけではなく、アレクシスやユリウスも、アメリアを高く評価してくれる。

だから変に卑屈になって否定せずに、身内からの言葉は有難(ありがた)く受け入れることにしていた。

「それに、魔封じの腕輪も永久的なものではない。特にまだ学生の場合は、よほど悪質な罪でなければ、更生すれば社会復帰もできる」

リースのような、国家反逆罪に問われてしまうような罪では叶わないことだろうが、せめてあの事件に関わった他の人たちが更生して復帰できるようにと、アメリアも願っている。

アメリアはエストに礼を言って図書室を離れ、サルジュのもとに向かった。

彼はいつものように王族の居住区にある図書室で、熱心に資料に見入っている。

今日はよほど集中しているようで、アメリアが図書室に入っても、傍に寄っても気付かない様子だ。

アメリアは邪魔をしないように少し離れた場所に座り、自分のデータをまとめることにした。

実家のレニア領地の去年のデータと、協力してもらっている他の領地のデータを見比べ、相違点を挙げていく。

(やっぱりどれほど対策をしても、土魔法をかけた土地の収穫量は桁違いね。成長促進魔法を付与した肥料の普及で、どれだけこの差を縮められるか……)

アメリアが提案したその肥料は、まだ国内にも完全には普及していないが、いずれはジャナキ王国に輸出する予定だ。

国外に販売するからこそ、その安全性や品質は一定基準を満たしていなければならない。

(そのために、もっとデータがほしい。でも、なかなか難しいよね)

ただ土魔法の遣い手は、この国でもかなり少ない。

アメリアも、知っているのは三人だけ。

元婚約者のリース、そして今の婚約者であるサルジュ。

そして、サルジュの護衛騎士カイドの妹であり、アメリアの従弟と結婚してレニア領地を継ぐ予定のミィーナだけだ。

今後、どれだけ肥料を量産することができるかも、重要になってくるだろう。

「アメリア」

ふと名前を呼ばれて顔を上げると、いつの間にか訪れていたらしいユリウスが、こちらを覗き込んでいた。

「ユリウス様！」

驚いて、思わず声を上げてしまう。

「ああ、すまない。そんなに驚くとは思わなかった。そろそろ夕食の時間だから、一度中断した方がいい」

「はい、申し訳ございません」

ついデータに熱中してしまい、思っていたよりも時間が経過していたようだ。

慌ててサルジュがいた方向を見ると、彼はまだ手元の資料を見つめていた。

その顔は、いつになく険しいように思える。

（サルジュ様？）

アメリアは、視線をユリウスに向けた。

何かあったのだろうか。

「アレク兄上に聞いた話だが、ベルツ帝国に貸し出した、雨を降らせるための魔導具に不具合があるらしい」

ユリウスは、サルジュを気遣うように見つめたあとに、アメリアに説明してくれた。

（え？）

アメリアは驚いて、サルジュの手元にある資料を覗き込む。

朝は、そのような話をしていなかったはずだ。

アメリアが学園に行っている最中に、ベルツ帝国から戻ってきたアレクシスと、そのことについて話をしたのだろう。

「稼働しないわけではないし、きちんと雨を降らせるという機能も果たしている。だが、どんなに魔力を込めても、すぐに魔石を使い切ってしまうらしい」

サルジュはひとりごとのように、そう呟いた。

ユリウスの言葉は、一応耳に届いていたのだろう。

アメリアが帰ってきても気付かないほど集中していたのは、この件について考えていたからのようだ。

「この国で使用する分には、異常はなかった。呪文に使っている古代魔語も、間違っていない。だとしたら、その理由は……」

サルジュは、傍にいるふたりの存在すら忘れたように、魔導具の分析に熱中していた。

（ベルツ帝国だけ、正常に起動しないなんて）

アメリアは戸惑って、ユリウスを見つめた。

その原因は不明だが、ベルツ帝国だけで正常に稼働しないとなれば、この国に対する帝国貴族の反発を招く恐れがある。

ただでさえ、新皇帝カーロイドには味方が少ない。

その皇帝がビーダイド王国に騙(だま)されて不良品の魔導具を売りつけられた。

そう煽(あお)って彼に対する不信感を募らせ、まだ帝位を諦めていないふたりの異母弟たちに付け入れる隙を与えてしまうかもしれない。

そんなことになれば、せっかく保たれたこの大陸の平和はまた乱されてしまうだろう。

この国のみならず、ベルツ帝国と険しい山脈を挟んで隣接しているジャナキ王国にも影響があるに違いない。

サルジュの魔導具には、それほどの期待と重圧が掛けられているのだ。

それがわかるだけに、迂闊(うかつ)に声を掛けることもできなくて、ユリウスとアメリアはただ立ち尽くす。

けれど、アメリアは心配だった。

おそらくアレクシスにその話を聞いたときから、ずっと休憩も挟まずに集中していただろう。

サルジュの顔色がいつもより白い気がして、アメリアは思わず手を出して、その頬に触れる。

「……アメリア?」

予想外の行動に驚いたのか、サルジュは顔を上げてアメリアを見つめた。

やはり顔色が悪いようだと、アメリアは彼の手を引き寄せた。

「随分お疲れのようです。少しお休みになってください」

「だが」

サルジュは迷うように視線を机の上に向けたが、アメリアが必死にその手を握ると、やがて諦めた様子で頷いた。

「わかった。アメリアの言う通りにする」

その答えを聞いて、傍で見守っていたユリウスもほっとしたように息をつく。

「アメリア、ありがとう。君でなければ、あの状態のサルジュを休ませることはできなかった。本当に助かったよ」

「いえ、わたしもサルジュ様が心配でしたから」

小さく囁(ささや)かれた言葉にそう返し、今は食事よりも休息を優先させた方がいいだろうと、サルジュを彼の部屋まで連れて行く。

気が抜けたのか、サルジュは崩れ落ちるように眠ってしまい、ユリウスがベッドまで運んでくれた。

サルジュは一度眠ってしまうとなかなか起きないので朝まで休ませることにして、アメリアはユリウスとふたりでダイニングルームに移動する。

アレクシスとソフィア、そしてエストがふたりの到着を待っていた。

「ユリウス、サルジュは？」

真っ先にそう声を掛けたのは、王太子のアレクシスだった。

「アメリアが休ませてくれた。かなり疲れていたから、あのまま寝せておいた方がいい」

「……そうか」

アレクシスは難しい顔をして、そう言ったきり黙り込んでしまう。

とりあえずサルジュを除いたいつもの面々で夕食をすませ、そのまま談話室に移動する。

夕食後にお茶を飲みながら談笑するのが、いつもの習慣だった。

だが、妊娠中のソフィアは先に部屋に戻った。

アレクシスもいつもならばソフィアに付き添うが、今日は彼女を部屋に送り届けたあとに、談話室まで戻ってきた。

アレクシスとエスト。そしてユリウスとアメリアが、それぞれ思い思いの場所で寛ぎながらも、色々な話をする。

今日の話題はもちろん、雨を降らせる魔導具についてだ。

「サルジュの説明では、魔石ひとつで、かなり広範囲まで長く雨を降らせることができるはずだった。だが実際にベルツ帝国で使用してみると、たしかに範囲は広いが、それほど長く雨を降らせることはできなかった」

「まさか……」

実際に、カーロイドが即位したときに魔導具を使って雨を降らせてみたが、それは成功したはずだ。

アレクシスがその場にいたのだから、それは彼もよく知っているはずである。

それに雨を降らせる魔法は、水魔法だ。

だからその魔導具には、アメリアも深く関わっている。

サルジュと一緒に何度も実験をして、魔石にもこだわったはずだ。

それが正常に稼働しないと言われても、すぐに信じることができなかった。

「とりあえず魔導具を持ち帰り、サルジュと稼働させてみたが、説明通り、かなり長い時間雨を降らせることができた。本当にベルツ帝国に限って、正常に稼働しないようだ」

「……」

もちろん意図したことではないし、この国ではきちんと稼働している。

説明だけ聞くと、高価な魔石を売りつけるために、すぐに使い切ってしまうような不良品を押し付けたと思う者がいても、おかしくはない状況だった。

しかもベルツ帝国とは前皇帝が死去するまでは国交もなく、むしろ敵対していたような状態であったのだ。

かつての敵国の手を借りることに、反発を覚える者も多いだろう。

そんな中で魔導具が正常に起動しないとなれば、格好(かっこう)の口実を与えてしまうことになる。

「正常に稼働しなかったのは、兄上も確かめたのですか?」

エストの質問に、アレクシスは頷く。

「ああ。もちろん何度も確かめた。だが、何度やってもベルツ帝国では正常に稼働しない。むしろ少量の雨を降らせたことで、日照りがひどくなったと言われていた。サルジュにも、すぐには原因がわからなかったようだ」

「……」

アメリアは両手を握りしめて俯(うつむ)いた。

サルジュがどれだけ真摯に取り組んでいるかわかるだけに、紛い物を売りつけたのではないかと疑われたこと。

もっと日照りがひどくなったと言われたことが、とても悔しい。

しかも雨を降らせる魔導具を提供したのは、完全にビーダイド王国からの善意だ。それが、向こう側では魔石を売りつけるためだと認識したのか。

「それならば、魔導具の提供を中止すべきでは？」

ユリウスもそう思ったらしく、やや固い声でそう言った。

「不具合がある以上、そうするべきだと思うが……」

アレクシスが言葉を濁しているのは、帝国貴族に味方が少ないカーロイド皇帝にとって、その雨を降らせる魔導具が帝国民の支持を得るために必要なものだからだ。

国内では、ベルツ帝国のために、我が国がそこまでしなくとも良いのではないかという意見もあるようだ。

カーロイド皇帝が失脚するようなことになれば、この大陸の平和は間違いなく乱されてしまうだろう。

魔法の力はとても強いもので、万が一、国家間の戦争になったとしても、ビーダイド王国の圧勝だと思われる。

ようやくここまで回復してきた大地が戦争によって荒らされたら、その回復にどれだけかかるのかわからない。

他の国に至っては、戦争で失われる命よりも、餓死によって命を落とす者が多くなることだろう。

国家間で争えるだけの余力は、どこの国にもない。

ビーダイド王国だって、自国の平和を守るために、他国に力を貸しているようなものだ。

他国が飢えている中、ひとつだけ豊かな国があれば、標的になってしまうこともある。

実際にベルツ帝国では、砂漠化を解決するよりも、他から豊かな土地を奪おうとしていたくらいだ。

「とにかく、サルジュにばかり負担を掛けるわけにはいかない。何とか、別の方法を模索してみよう」

アレクシスのその言葉で、今日は解散となった。

アメリアはまっすぐに部屋に戻る気にはなれず、王族の居住区にある図書室に向かう。すると机の上に、何かが置きっぱなしになっていることに気が付いた。

（これは……）

サルジュが、アレクシスが帰国するまで研究していたらしい魔封じの腕輪についての資料のようだ。

話を聞いてすぐに作り方を考案して、それをまとめておいてくれたのだろう。

（今までできなかったことを、こんなに簡単に……）

さすがサルジュだと思うが、今の彼には、これに関わっている余裕はないだろう。

せめて自分で何とかしたいと思うが、アメリアでは、呪文のない光魔法を理解することはできなかった。

ふと誰かの気配を感じて振り返ると、ユリウスとエストが図書室に入ってきたところだった。

「ユリウス様、エスト様……」

「アメリアか」

ふたりはアメリアの姿を確認すると、ほっとしたような顔をした。

「人の気配がしたので、サルジュが起きてきたのかと思った」

ふたりとも、それを心配して様子を見に来たようだ。

「すみません、紛らわしい真似(まね)を」

慌てて謝罪するが、ユリウスもエストも、気にする必要はないと優しく言ってくれた。

「俺たちにも、何か手伝えることがあればいいのだが」

ユリウスはそう呟いて、サルジュがいつもいる場所を見つめる。

その言葉にアメリアは、今のうちに使用する魔石のデータを取っておいた方がいいかもしれないと思い立つ。

雨を降らせる魔導具は、水魔法を使用している。ユリウスも水属性の魔法の遣い手なので、魔石作りに協力してもらえるだろう。

「魔石を、何種類か作って試してみたいのですが、協力していただけますか？」

「ああ、もちろんだ」

そう申し出ると、ユリウスは力強く頷いてくれた。

「ありがとうございます。今後のためにも、色々な魔石を使ったデータをまとめておこうと思います」

そう言って、サルジュが作ってくれた魔導具に関する資料を手に取る。

「こちらは、わたしにはどうすることもできませんが、せめて水魔法に関することなら、何かできるかもしれないので」

「それは、例の？」

アメリアが手にしていた資料が魔封じの腕輪に関するものだと、エストは気付いたようだ。

「はい。サルジュ様が、もう資料をまとめてくださっていたようで」

「さすがサルジュだな」

エストは感嘆するが、話を知らないユリウスは不思議そうだった。

「例の、とは？」

「実は、ソフィアお義姉様にお祝いとして魔導具を渡したいと思っていて。それをサルジュ様に相談していたのです」

不思議そうなユリウスに、アメリアはソフィアの出産祝いに、魔力を抑えることができる魔導具を贈りたいと思っていたことを説明した。

「なるほど。きっとアレク兄上にとっては、何よりも嬉しい贈り物だろう」

今まで話すことはできなかったが、ユリウスもその魔導具の制作には賛成してくれるようだ。

だが、今のサルジュに制作を頼むことは難しい。

実際に取り掛かれるのは、随分後のことになってしまうかもしれない。

「それならば、これは私が引き受けましょう」

エストはそう言って、アメリアからサルジュがまとめていた魔封じの腕輪に関する資料を受け取った。それに素早く目を通して、頷く。

「サルジュが詳細まで書き記しておいてくれたので、これなら私でも制作できます。雨を降らせる魔導具に関しては何もできませんが、こちらならば」

「ありがとうございます！」

どうしたらいいか悩んでいただけに、エストの申し出はとても嬉しいものだった。

「俺たちも、できるだけのことはしていこう」

ユリウスの言葉に、エストとアメリアは揃って頷いた。

こうして、雨を降らせる魔導具のデータはユリウスに、魔封じの腕輪の改良に関してはエストに手伝ってもらえることになった。

エストはその資料を持って自分の部屋に戻り、アメリアとユリウスは、夜遅くまで魔石作りに熱中した。

これで明日、魔石のデータを取ることができる。

翌朝、アメリアはユリウスと一緒に制作した魔石を持って、学園に向かった。

サルジュはまだ眠っている様子だったが、起きたらまたすぐに研究に没頭するに違いない。今は自然に目を覚ますまで、寝かせておいた方がいいだろう。

研究所に向かうと、そこにはすでにユリウスの姿があった。

傍にはマリーエもいる。

ふたりとも、秋に執り行われる結婚式の準備で忙しいはずだが、アメリアの実験を手伝うために来てくれたようだ。

「……ありがとうございます」

忙しいことを知っているので、魔石作りに協力してくれただけで十分だというのに、ユリウスもマリーエも率先して手伝ってくれた。

「いや、こちらとしても、できることがあった方が有難(ありがた)い。魔導具はサルジュに任せきりになってしまうからね」

「アメリアも、あまり無理はしないでね。あなたに何かあったら、それこそサルジュ殿下は研究どころではなくなってしまうのだから」

マリーエの言葉に、アメリアも真摯に頷く。

サルジュが研究に専念できるように、アメリアも気を付けなくてはならない。

魔法演習所を使って何度も実験したが、サルジュが開発した雨を降らせる魔導具に不具合はなく、正常に稼働している。

魔石も、一度で使い切ってしまうようなことはなかった。

「本当に、ベルツ帝国で使った場合だけ、不具合があるようだな」

ユリウスは難しい顔をして、そう呟く。

一応データはすべて記したが、正常な値ばかりで、あまり参考になるとは思えなかった。それでも数値をまとめ、あとでサルジュに見てもらおうと思う。

協力してくれたユリウスに礼を言って、マリーエとともに魔法研究所に戻った。

「そういえば、来年からエスト殿下が学園長になるそうね」

廊下を歩きながら、マリーエが声を潜めてそう言う。

「うん。マリーエも、当時のことを聞かれた？」

「ええ。わたくしは、リースたちと同じ学年だったから。当時の学園の雰囲気とか、交友関係とかを尋ねられたわ。でも、わたくしは友人がひとりもいなかったから、あまり詳しいことは知らないの」

サルジュもマリーエやリースと同学年だが、自分の研究に没頭していただろうし、彼の前で横暴な振る舞いをする生徒もいなかっただろう。

エストは、根気よく聞き込みを続けているようだ。それに、いざとなれば再現魔法で、当時の学園内の雰囲気を感じ取ることもできる。

それに、アメリアの事件で再現魔法の存在も公になった。

その再現魔法を使えるエストが学園長になれば、問題行為を起こす者も減るだろう。

それだけでも抑制になると思うが、エストは表向きだけではなく、真に改革を目指している。

「わたくしも、王立魔法研究所の副所長として、できる限りのことはするつもりよ。この国の将来に関わることですもの。しっかりと頑張らないと」

マリーエも、決意を込めた瞳でそう言った。

きっと近い将来、この王立学園は生まれ変わるに違いない。

学園の授業が終了する時間になると、アメリアも研究の手を止めて、急いで王城に戻る。

目を覚ましたサルジュは、また図書室にこもっているに違いない。

昨日の夜も夕食を食べないまま眠ってしまったが、朝食はきちんと食べただろうか。

そんなことを気にしながら、着替えもせずに制服のまま、居住区にある図書室に向かう。

「あ……」

そこにはサルジュと、アレクシス、そしてユリウスの姿があった。

三人とも、真剣な顔をして話し合いをしていた。

「アメリア、戻ったのか」

最初にアメリアに気が付いたのは、ユリウスだった。

その声に、アレクシスとサルジュも顔を上げる。

昨日の夜ゆっくりと休んだため、サルジュの顔色も悪くなかった。

そのことに、アメリアはほっとする。

「今日、魔石を何度も変えて魔導具の実験をした。そのデータを、アメリアがまとめてくれたよ」

ユリウスの説明に、アメリアは慌ててまとめた資料を取り出してサルジュに手渡す。

「これです。魔石は色々な宝石と、鉱石から作り出しました。同じ魔導具で、魔石だけを変えて実験をした結果が、これになります」

アメリアが差し出したデータを、サルジュは真剣な顔で見つめている。

「……やはり、同じか」

「はい。この国では、何度実験しても同じ結果になるかと思います」

「だとすると、やはり原因はベルツ帝国にありそうだね」

サルジュはそう言って資料をめくる手を止めると、アレクシスを見上げた。

「兄上、私をベルツ帝国に向かわせてください。現地で実験してみないことには、原因が判明しないと思われます」

「……ベルツ帝国に、か」

そう言われたアレクシスは、すぐに許可をしなかった。

この国では魔導具の不具合が見つからない以上、ベルツ帝国で魔導具を使ってみるしかないと、アレクシスもわかっているのだろう。

今のベルツ帝国は、ビーダイド王国が持ち込んだ魔導具が原因で、帝国貴族の間でも意見が分かれ、とても不安定な状態らしい。

きっとそんな状態のベルツ帝国に、サルジュを向かわせるのが心配なのだ。

「兄上、俺も同行します」

そう言ったのは、ユリウスだ。

「兄上とサルジュは、同時に国を出ないほうがよろしいでしょう。あまり大勢で行くのも、無用な疑いを生むでしょうから、俺とカイド。それと、数人の護衛騎士がいれば十分かと」

アレクシスは王太子であり、その次に王位継承権を持っているのは、アレクシスと同母の弟であるサルジュだ。

だから、そのふたりが同時に国を出ることがないように、ユリウスが立候補したのだろう。

それに、王太子妃であるソフィアはそろそろ出産の時期である。

あれほど心配しているアレクシスは、やはり妻の傍にいたいだろう。

「……そうか」

しばらく悩んでいたアレクシスだったが、やはり魔導具の開発者であるサルジュが行くしかないと思ったようだ。

「解決するためには、サルジュに行ってもらうしかないか。ユリウスとカイド。それに護衛騎士を厳選して……」

その言葉を静かに聞いていたアメリアは、思わずサルジュを見つめる。

(わたしも……)

一緒に行って、彼の研究を手伝いたい。

でも今のベルツ帝国が危険な場所ならば、もしかしたら足手まといになってしまうかもしれない。

「兄上。アメリアも」

その視線を受け止めたサルジュは、優しい笑みを浮かべると、アメリアに手を差し伸べる。

「アメリアも連れて行きたい。もう私の研究は、アメリアなしでは成り立たない」

「サルジュ様……」

彼にとって必要な存在になりたいと、ずっと思っていた。

婚約者としてだけではなく、対等に話ができる助手でもありたいと願っていた。

それを、彼自身の口から聞くことができた。

「この問題を解決するためには、アメリアの力が必要だ。私と一緒に来てくれないか？」

「……はい」

差し伸べられた手を握りながら、アメリアは力強く頷いた。

「わたしも、サルジュ様と一緒に行きたいです」

心配そうな顔をしていたアレクシスだったが、ふたりの決意が固いことを知ると、それを容認してくれた。

「それなら護衛騎士は、カイドとリリアーネで構わないだろう。サルジュとアメリア。それにユリウスと、護衛として、そのふたりで決まりだな」

ちょうど学園も夏季休暇に入る。

今年は実家に帰省することはできないが、従弟のソルと、その婚約者でカイドの妹でもあるミィーナが、ふたりでレニア領地に行ってくれるらしい。

穀物の成長具合などは、ソルに頼んで見てもらうことにした。

アメリアもベルツ帝国に向かうことを知ったソフィアとマリーエは、とても心配してくれた。

だが敵国だったベルツ帝国に、魔法の事故で飛ばされたときに比べれば安全なものだ。

それに、今回は移動魔法でベルツ帝国まで行くことができる。

もし危険だと思えば、またすぐに戻ってくればいい。

そう言うと、まだ心配そうな顔をしながらも、少し安心してくれたようだ。

部屋に戻ったアメリアは、急いで旅支度を整えた。

今回も、ジャナキ王国に向かったときと同じく公務だが、目的はあくまでも魔導具の動作確認と、不具合の原因究明のためだ。

王族の婚約者としてではなく、研究者のひとりとして行くことになる。

まだ王立魔法学園の学生であるアメリアは、制服で構わないだろう。

サルジュも研究者として赴くため、あまり改まった服装ではないようだ。

ユリウスだけは、王族としての訪問となるため、正装していた。

準備を整え、国王陛下とも対面して、正式にベルツ帝国を訪れる許可をもらう。

もうすぐ夫となるユリウスを見送るマリーエは、少し不安そうだった。

だが、留守をしっかりと守るのも大切な役目だとソフィアに諭され、覚悟を決めたようだ。

ソフィアも、そろそろ出産の時期を迎える。

予定では、ちょうど帰国する頃だろう。

早まる可能性もあるので、エストがサルジュの資料を読み込んで完成させてくれた魔導具を、彼に預けておくことにした。

エストが制作してくれた魔導具は、サルジュ自身にも確認してもらい、完璧に仕上がっている。

「さすが、エスト兄上だ」

完成した魔導具を見て、サルジュは満足そうだった。

四人兄弟の中では、エストとサルジュが、魔力の細かな調整が得意らしい。

これをエストに託し、もしソフィアの出産が早まったら、生まれた子どもに付けてほしいと頼んだ。

そして、いよいよベルツ帝国に出発する時刻になった。

人数が多いので、ユリウスとサルジュのふたりで移動魔法を使うようだ。

魔力の多いアレクシスと違い、さすがにふたりでも、ここから一気にベルツ帝国まで移動することは難しい。

今は魔法を助ける魔法陣が描かれているので、その上に立って魔法を使用することで、ベルツ帝国に移動することができる。

「気を付けて行け。カイド、リリアーネ。三人を頼む」

アレクシスの言葉に、ふたりは揃って頷き、ユリウスとサルジュは移動魔法を使った。


ふわりとした浮遊感に思わず目を閉じると、サルジュが背を支えてくれた。

一瞬で、体を取り巻く空気が変わる。

空気まで熱を帯びているような気がして、アメリアは思わず深呼吸をした。

たしかにベルツ帝国は、大陸の最北にあるビーダイド王国とは正反対の場所にある。

そうだとはいえ、それほど大きくはないこの大陸で、ここまで気温差があるのは普通ではない気がする。

(あの国境近くの町よりも、さらに暑い気がする)

かつて行ったことのある町を思い出しながら、アメリアは深く息を吐いた。

同じ帝国内でも、これほど差があるのだろうか。

「アメリア、大丈夫か？」

サルジュの心配そうな声に、はっとして彼を見上げる。

「はい、大丈夫です」

そう答えながら、周囲を見渡す。

移動魔法のための魔法陣は、ベルツ帝国の帝都の隅にある建物の中に描かれていた。さすがに、ベルツ帝国の帝城の中に設置されてはいないらしい。

何もない部屋は無人で、一見簡素に見える扉は魔法で施錠されていた。

これはアレクシスの魔法だろう。

魔法で施錠された扉はベルツ帝国の者では開くことができないので、もしベルツ帝国と再び敵対したとしても、ここからビーダイド王国に攻め入ることは不可能だ。

ベルツ帝国側では、いくら支援が目的とはいえ、簡単にこの国に来ることができる魔法陣の存在を、不安に思う者もいたらしい。

魔法陣はあくまで魔法を補助するためのもの。これがなくとも、移動魔法を使うことは可能である。

魔法陣があってもなくても変わらない。

むしろ支援してもらっているのだから、少しでも助けになるようにと、カーロイドが許可してくれたようだ。

カイドが先頭に立ち、その後にユリウス、サルジュと続いて、アメリアはサルジュの後から部屋を出た。最後尾には、リリアーネがいる。

部屋を出ると長い廊下になっていて、左右にはいくつか部屋はあるが、人の気配はまったくない。

そのまま扉を出ると、帝都の街並みが見えた。

低い建物が多く、日陰を作るためか、周囲を高い外壁で囲っていた。

少し離れたところに見えるのが、帝城だろう。

砂岩で築かれた城壁は、細かな装飾が施され、日光に反射して煌めいている。

複雑な紋様は、魔法陣のようにも、古代魔語のようにも見える。

(ここが、ベルツ帝国の帝都……)

アメリアがサルジュ、カイドとともにこの国に飛ばされたときは、国境にある険しい山脈に近い場所だった。

ベルツ帝国のほぼ中央に位置する帝都は、先ほど感じたように、あの国境近くの町よりもさらに暑い。

魔法陣が描かれていた建物は、数名の帝国兵が警備をしていた。ユリウスが彼らに声を掛けると、その中のひとりが帝城まで案内してくれるようだ。

帝都に続く街道は、以前は綺麗に整備されていたのだろう。だが、乾燥した大地はひび割れて、道は荒れ果てている。

帝都の中は道幅も狭く、馬車を走らせることはできないので、基本的には徒歩で移動しているようだ。

帝国兵は馬を用意すると言ってくれたようだが、帝城まではそう遠くないので、徒歩で移動することにした。

日差しが強いので、日よけのための布を被り、サルジュと並んで歩く。

彼は、帝都の街並みを興味深そうに眺めていた。

アメリアもつい足を止めそうになるが、先を歩くカイド、ユリウスの表情は険しく、観光気分で浮かれてはならないと、気持ちを引き締める。

やがて、ベルツ帝国の帝城が見えてきた。

他の国のように高さはなく、その分横に大きく広がっているような城だった。

遠くから見ても美しいと感じた建物だったが、近くで眺めてみると、繊細な彫刻はとても細やかで、思わず目を奪われた。

だが庭園だったであろう場所は砂に埋もれてしまい、噴水も枯れ果てていた。

サルジュは立ち止まり、しばらくその庭園を眺めていたが、ユリウスに促されて歩き出した。

帝城では、皇帝カーロイドが一行を迎えてくれた。

（この人が、ベルツ帝国の……）

アメリアはそっと、ユリウスと挨拶を交わすカーロイドを見つめた。

とても強い瞳をした人だった。

父である皇帝によってずっと幽閉されていたからか、帝国の人間にしては肌が白いように思える。

だが、幽閉されてもけっして自分の意志を変えず、味方も少ない中で、ここまで歩んできた人だ。

こうして見ているだけでも、この国を背負う覚悟のようなものを感じる。

年齢は、たしか二十八歳だと聞いていた。

カーロイドはサルジュとも挨拶を交わし、わざわざ帝国まで来てもらったことに対する礼を述べている。

続いてアメリアも名乗ると、カーロイドははっとしたようにアメリアを見つめた。

「それでは、あなたがアロイスによって攫われてしまった方ですね」

カーロイドはアロイスの所業を詫びてくれた。

「アロイスを許してくださり、帝国に戻ることを許してくださって、感謝します」

カーロイドとアロイスは、実際には血縁関係ではない。

彼の母親は、ビーダイド王国の王妹と、彼女を助けた帝国騎士の間に生まれた子どもである。

それでも従兄弟として一緒に育ったアロイスを、カーロイドは気に掛けているようだ。

そのアロイスは今、従妹のリリアンとともに、カーロイドの補佐をしている。

彼の祖母は、ベルツ帝国の先々代の皇帝によって攫われてしまった、ビーダイド王国の王妹だった。

（だから、アロイスはサルジュ様たちと血縁関係にあるのよね）

けれどアロイスの母は当時の皇帝によって、王妹に捨てられたのだという嘘を信じ込まされて、自分を捨てた母親を憎んでいた。

その憎しみは息子であるアロイスにも引き継がれてしまい、彼はビーダイド王国に嫁ぐ予定だったジャナキ王国の王女クロエを洗脳し、意のままに操ろうとしていた。

さらに軍を強化して、砂漠化していない土地を求めて、険しい山脈の向こう側に攻め入ろうとしたのだ。

その企みは、偶然居合わせたサルジュやカイドによって阻止されたが、どんなに説得しても、アロイスの祖母に対する憎しみは消えなかった。

それを消し去ったのは、アロイスの従妹である、リリアンだ。

リリアンは、攫われた王妹が、彼女を助けた帝国の騎士とともにジャナキ王国まで逃れ、その国で生まれたアロイスの叔母の娘である。

祖母によく似たらしく、ジャナキ王国ではとても珍しい金色の髪をした、とても綺麗な女性だった。

彼女に、祖母はアロイスの母を見捨てたわけではないこと。

むしろ何度も助けようとして、最後には険しい山脈に向かったまま帰らなかったという話を聞いて、ようやく自分と母がベルツ皇帝に騙されていたことを信じてくれた。

（わたしとクロエ様にも謝罪してくれて……）

自分の罪を償うと言ったアロイスを、被害者となったアメリアとクロエのふたりは、カーロイドの補佐としてベルツ帝国に帰ることを許していた。

それに対して、カーロイドはとても恩義を感じていたようだ。

今のアロイスは、カーロイドの代わりにベルツ帝国の各地に赴き、彼の手足となってさまざまな交渉や、現地の視察などを行っていて、ほとんどこの城にはいないそうだ。

代わりに従妹のリリアンがカーロイドの傍にいた。

サルジュと似た金色の髪をした、とても綺麗な女性だった。

彼女もまた、アロイスと同じようにわずかに魔力を持っていた。

属性魔法を使えるほどの魔力はないが、彼女たちの祖母が使っていたという、他人の意識を操作したり、興味を逸らしたりする力を使うことができる。

リリアンはそれを、ジャナキ王国では目立つ容貌を隠すために使用していたようだ。

罪を犯したアロイスは、現在魔封じの腕輪を着用しているが、リリアンはその力を自分の意志で使うことができる。

心優しい彼女が安易にその力を使うことはないだろう。それに、自分よりも魔力の強い者には通用しない。

だがこのベルツ帝国には、魔法を使える者がほとんどいないため、カーロイドにとっては、切り札となる。

彼女もまたアロイスと同じく、ビーダイド王国の王家の血を引いている。

アレクシスがベルツ帝国を度々訪れているのは、カーロイドの支援はもちろんだが、リリアンがその力を誰かに利用されてしまうことがないように、静かに見守っているようだ。

魔法で移動してきたのだから、旅の疲れなどまったくないが、急激な気温の変化が体には負担になるからと、カーロイドは城内に部屋を用意してくれた。

まずはそこに落ち着き、本来の目的である魔導具の調整は、明日から取り掛かることになるだろう。

# 第二章　孤高の皇帝

アメリアに用意してもらった部屋は、サルジュの隣だった。

カーロイドは帝城に警備兵が少ないことを詫(わ)びてくれたが、サルジュもユリウスも魔法で結界を張ることができるので、その辺りは問題ない。

アメリアは、用心のために護衛騎士のリリアーネと同じ部屋にしてもらった。ひとりだと、かえって落ち着かないという理由もある。

アメリアは持ってきた荷物を簡単に片付けて、部屋の中を見渡した。

広い部屋だが、思っていたよりもシンプルで、窓は小さめである。

（窓が大きいと、日差しが入ってきて室温が高くなってしまうから？）

当然のことだが、気候が違うとライフスタイルがまったく違う。

興味を覚えて、アメリアは部屋の中を見渡したり、小さな窓から外を眺めたりして過ごした。

ふと扉が叩(たた)かれて、リリアーネが対応してくれる。

「アメリア様、サルジュ殿下です」

彼女の声に、振り返る。

どうやらサルジュが、アメリアの部屋を訪れてくれたようだ。

「アメリア、大丈夫か？」

優しく気遣ってくれるサルジュに、アメリアは笑顔で頷いた。

「はい、もちろんです。でも同じ大陸でも、ここまで気候の差があるものですね」

「そうだね。だが、少し気温差がありすぎるように思う。その辺りも、余裕があれば調査してみたいね」

サルジュは頷き、アメリアの部屋を見渡した。

「一応、アメリアの部屋にも魔法で結界を張っておくよ。この部屋の温度も、快適に過ごせるように調整しよう」

サルジュはそう言うと、呪文も魔法陣もなく魔法を発動させた。

途端に部屋の中が涼しくなる。

「……すごい」

思わずそう呟いたアメリアだったが、サルジュは何だか複雑そうな顔をして、自分の手のひらを見つめている。

「サルジュ様？」

「魔力の消費量が、ビーダイド王国とはまったく違う。以前、この国に来たときもそうだった。たしかに色々と魔法を使ったが、想定していたよりも魔力を消費していた」

サルジュの言うように、前回、この帝国に飛ばされてきたときは、サルジュは魔力を使いすぎて倒れてしまったことがある。

たしかに様々な魔法を使っていたが、敵国であるベルツ帝国で、倒れてしまうほど魔力を使ってしまうなんて、サルジュらしくなかった。

何か理由があり、この国で魔法を使うと想定以上の魔力を消費してしまうのだとしたら、納得できる。

「もしかしたら、魔導具の魔石も……」

「それが原因かもしれない。とにかく明日から、色んな実験をしてみよう」

「……はい」

険しい山脈を隔てているとはいえ、ベルツ帝国と他の国とでは気候が違いすぎるのも、何か原因があるのかもしれない。

たしかに山脈のこちら側は冷害に悩まされ、逆にベルツ帝国は砂漠化に悩まされているとは聞いていた。

実際に山脈近くの町に辿り着いたときも、あまりの暑さに驚いた。

でも帝都まで来てみると、さらに気温は上昇していて、この気温差は異常なことではないかと思ってしまう。

窓の外から、帝都の街並みを見つめる。

この国で、いったい何が起こっているのだろう。

日が落ちても、気温が下がることはなく、昼間の熱気がまだ建物の中にこもっているような気がする。

夜になったが、研究のために訪れたので会食のようなものはなく、それぞれの部屋に夕食を運んでもらった。

アメリアとリリアーネに食事を運んでくれたのは、アロイスの従妹のリリアンだった。

彼女はアロイスの説得のためにビーダイド王国に滞在していたことがあるので、アメリアも会ったことはある。

でも、こうして対面して会話をするのは初めてだ。

リリアンはカーロイドのように、最初にアロイスのことを謝罪してくれた。

アロイスが祖母を恨んでいたのは、母をこの帝国に置き去りにして、自分たちだけ逃げたと思っていたからだ。

アロイスのその母は、このベルツ帝国でとてもつらい人生をおくったらしい。

それを思うと、彼が復讐を果たそうとしたのも、仕方がないではないかと思ってしまう。

「もう謝らないでください。悪いのは、ビーダイド王国の王女を攫った、ベルツ帝国の前々皇帝です」

そう伝えると、リリアンは安堵した様子だ。

「ありがとうございます。そう言っていただけて、安心しました」

リリアンの母はまだ存命だが、あの事件の後にビーダイド王国に移住している。

けれどリリアンは従兄のアロイスを支えたくて、ベルツ帝国で生きる決意をしたようだ。

「それにしても……。この部屋はとても涼しいですね。魔法、でしょうか？」

驚いたようにそう言う彼女に、アメリアは頷く。

「はい。サルジュ様の光魔法です」

「……これが、光魔法」

リリアンの母は、ビーダイド王国の王妹であった自分の母に、祖国のことや、光魔法のことなど色々と聞いていたらしい。

その話は王女の孫であるリリアンにも受け継がれ、彼女はずっとベルツ帝国に残されてしまった叔母のことを心配していた。

リリアンの優しい心が、アロイスを立ち直らせてくれたのだろう。

「何かございましたら、何なりとお申しつけください」

「はい。お食事もありがとうございました」

リリアンの優しい心遣いが、緊張していたアメリアの心を和らげてくれた。

この日は部屋でゆっくりと休ませてもらい、翌日から魔導具の実験に取り掛かる予定だった。

カーロイドは、事前にアレクシスと相談していたようで、サルジュとアメリアの名を公にしなかった。

ベルツ帝国を訪問しているのは、ビーダイド王国の第三王子のユリウスと、魔導具の研究者がふたりだということにしたようだ。

アメリアもサルジュも、その方が研究に専念できる。

ただふたりとも、魔法水や、成長促進魔法を付与した肥料。さらにいくつかの魔導具を制作し、その名は他国にも知れ渡っているだろうから、気付く者もいるかもしれない。

やはり、ある程度の用心は必要となるだろう。

カイドとリリアーネにそう言われて、あまり油断しすぎないようにと、アメリアも心を引き締めた。


そうして、翌朝。

ユリウスの部屋に全員集合し、注意事項やこれからの予定などを伝えられる。

そうしてユリウスはサルジュとアメリアに、必ずカイトかリリアーネを連れて行動すること。けっしてひとりにはならないことを、約束させた。

特にサルジュは研究に専念してしまうと、ここがベルツ帝国であることすら忘れてしまいそうだと心配しているようだ。

「今までベルツ帝国は友好国ではなかったから、魔法の使用に関しての条約はなかった。だが今は、やむを得ないときを除いて、攻撃魔法を使うことは禁じられている。だが、この中で攻撃魔法を使えるのはカイドとリリアーネだけだから、そこは大丈夫だろう」

「了解しました」

「承知しております」

ユリウスの言葉に、カイドとリリアーネは静かに頷いた。

肝心のサルジュは、もうすでに研究のことで頭がいっぱいのようで、ユリウスの忠告もあまりよく聞いていないようだ。

「ユリウス様。わたしが必ず、サルジュ様の傍にいます」

そう告げると、彼も安心したように頷いてくれた。

「すまないが、頼む。サルジュも、あまりアメリアに迷惑をかけないように」

「……わかっている」

すべての言葉を聞き流していたサルジュが、アメリアの名前を出したときだけ反応したことに、ユリウスは呆れたような顔をする。

「まったく、仕方のない奴だ」

その言葉はとても優しくて、ユリウスが末弟のサルジュを気に掛けていることが、よくわかる。

「とにかく、俺とアメリア、カイドも大丈夫だろうが、サルジュとリリアーネは、見た目で他国の人間だとわかるから、気を付けるように」

帝国では、ほとんどが黒髪であり、まれに茶髪や赤髪の人間がいるようだ。

だが、サルジュとリリアーネのような明るい色の髪は、まったくいない。たしかに気を付ける必要があるだろう。

リリアーネは、この国の女性がよくしているように、日よけの布を被ることにしたようだが、サルジュはそのままだ。

ビーダイド王国から研究者が来ることは、帝国の貴族たちにも知らされているだろうが、余計なトラブルに巻き込まれないように、なるべく周囲を警戒していようと思う。

こうしてまずは帝都のすぐ近くにある、かつては農地だった場所で、魔導具の実験をすることにした。

この国に贈呈した魔導具に、ビーダイド王国から持ち込んだ魔石をセットして、雨を降らせてみる。

雨を降らせる魔導具は腕輪の形になっていて、腕に装着して魔法を発動させる。

発動させるには魔力を少量流す必要があるが、ベルツ帝国には魔力を持つ者がいない。だから、起動させるための魔石も埋め込まれている。

別の形にした大型の魔導具の試作品も作られたが、そうすると起動させるための魔石も大型のものが必要となり、結果として効率が悪くなっていた。

だから扱いやすさもあり、この形に落ち着いたのだ。

魔石は簡単に外せるようになっていて、使い切ったら交換することになる。

核となっているのは宝石だが、もう一度魔力を注げば、また魔石として使えるようになっていた。

ベルツ帝国の経済状況も考慮して、サルジュと色々と実験を繰り返して、なるべくコストを抑えた魔導具を開発した。

それなのに粗悪品の魔石を売りつけて、不当に利益を上げようとしているなどと言われているのは、さすがにアメリアでも腹立たしく思う。

(でも……)

実験の結果を見守っていたアメリアは、思わず両手をきつく握りしめた。

想定では、ここから見える範囲にすべて、一時間ほど雨が降るはずだった。

だが稼働した魔導具は、最初こそ順調だったものの、すぐに雨の威力が弱まり、止(や)んでしまう。

サルジュがすぐに魔導具の確認をして、不具合などではなく、やはり魔石をすぐに使い切ってしまうのが原因のようだ。

その後も何度も魔石を変えて、実験をしている。

無言で実験を繰り返すサルジュに、ユリウスたちはどうしたらいいのかわからない様子だった。

アメリアはサルジュが使用した魔石を回収し、その種類と、雨の降り方を細かく書き記していく。

「サルジュ様、魔石全体の性能が、三割ほど落ちている様子です」

ベルツ帝国に渡る前に、学園で繰り返した実験の結果と照らし合わせて、そう報告する。

「同じ魔石は、あと何セットある？」

「五セット用意しましたので、残りは四セットです。この場で魔石を作って、それを使用してみますか？」

「そうだね。それがいいかもしれない。兄上、魔石作りを手伝ってほしい」

「……わかった」

ふたりの様子を、やや呆然と見つめていたユリウスは、我に返ったように頷く。

こうして、今使い切った魔石に再び魔力を込めて、それを使用してみる。

この場で作ったばかりの魔石だと、ビーダイド王国で使用した場合と同じく、きちんとした性能を発揮した。

「原因は魔石で間違いないね。けれど、ベルツ帝国に販売した魔石だけではなく、こちらで持ち込んだ魔石の性能も落ちている。……やはり、この国に何か原因がありそうだ」

サルジュはひとりごとのようにそう言うと、ユリウスを見た。

「兄上、アメリアのような水やりの魔法は使えますか？」

「ああ、使える」

「その水魔法を何度か使ってみて、ビーダイド王国で使った場合との違いがあるかどうか、教えてください」

「わかった」

ユリウスは意図を問うことなく、サルジュに言われたように何度か水やりの魔法を使う。

「どうですか？」

「たしかに、向こうで使うよりも魔力の消費が大きいように思う。これは、どういうことだ？」

「もう少し大きい魔法の方がわかりやすいかもしれませんね」

そう言うと、サルジュはしゃがみこんで乾いた大地に手を当てた。

「サルジュ様、駄目です！」

その意図を察したアメリアが慌てて止めようとしたが、サルジュはそのまま砂漠と化した大地に魔力を注ぐ。

雨を降らせた範囲が、たちまち柔らかな土に変わる。

これほどの範囲の土壌を変えてしまうのは、ビーダイド王国でさえ、かなりの魔力を消費するはずだ。

アメリアは慌てて手を差し伸べて、サルジュの体を支える。

実際に消費した魔力は多かったらしく、咄嗟に手を出して支えなければ、その場に倒れていたかもしれない。

それなのにサルジュはアメリアに寄りかかりながら、消費した魔力を確かめるように、じっと手のひらを見つめている。

「たしかに、三割……。いや、大きな魔法だと四割ほど増すのか」

「お前は」

ユリウスは呆れたように叱ろうとしたが、それよりも先にアメリアが、サルジュの手を握ったまま言ってしまった。

「サルジュ様、あまり無理はなさらないでください。もしサルジュ様に何かあったら、わたしは……」

感情が昂ぶり、思わず涙まで滲んできた。

それを見たサルジュはひどく動揺して、ぎこちなくアメリアの背を撫でる。

「すまなかった。つい性急に、答えを求めてしまった。どうか許してほしい」

懇願するように言われて、アメリアの方が狼狽えた。

「すみません、つい差し出がましいことを」

「いや、アメリアは悪くないよ。以前、気を付けると約束したのに、それを疎かにした私が悪い」

たしかにあれも、このベルツ帝国でのことだったと、アメリアも思い出す。

思えばこの魔力を通常よりも消費してしまう現象のせいで、サルジュが魔力の使い過ぎで倒れてしまったことがあった。

あのときもとても心配して、サルジュはもう無理はしないと約束してくれた。

だが、サルジュの本質は研究者だ。

こうして未知の事例と遭遇したときに、知的好奇心に駆られて動いてしまうことは、これからもあるかもしれない。

サルジュと人生をともにするのだから、もう少し覚悟が必要だと、アメリアも気を引き締める。

「何度も同じことを言ってしまうかもしれません。それでも、わたしのことを嫌いにならないでください」

思わずそう言うと、サルジュは驚いたように目を見開く。

「あり得ない。だから心配はいらないよ。むしろ私の方が、アメリアに愛想を尽かされないように気を付ける」

サルジュの体を支えながら、これほどの人がアメリアの気持ちに寄り添い、大切にしてくれることを、とてもしあわせに思う。

(あっ)

ふいに、ふたりきりではなかったことを思い出して顔を上げると、ユリウスもカイドもリリアーネも、微笑(ほほえ)ましいものを見るような優しい瞳で見守ってくれていた。

それを見た途端、恥ずかしくてたまらなくなる。

「アメリア、おそらくサルジュはそう簡単に変わらないかもしれないが、どうか見捨てないでやってくれ」

「そ、そんなことは絶対にあり得ません！」

ユリウスにそう言われて、慌てて否定する。

この先も、アメリアが一緒に生きていきたいと願うのは、サルジュだけだ。

「とりあえず、今日はここまでにしよう。だが、この土地をどうするべきか」

ユリウスは困ったように、柔らかく良質な土になった周囲を見渡す。

「時間が経過すれば元に戻るだろうが、魔法によって一瞬で変化した土地を見せてしまうのは、あまりよくない」

サルジュとアメリアの存在をあまり公にしたくないユリウスはそう言って、考え込む。

「わかった。すぐに戻す」

サルジュはそう言うと、魔法を解除して元の状態に戻した。

「またお前は……」

反省したばかりだというのに、またすぐに魔法を使ったサルジュに呆れたような顔をしながらも、これぱかりは仕方のないことだったかもしれないと、ユリウスも思い直したようだ。

「とにかく、今日はこれまでだ。部屋から出ずに、しっかりと休むように。カイドに見張らせる」

今度は素直に頷き、サルジュはアメリアから今の実験の内容を書き記したデータを受け取った。

「ありがとう、アメリア。助かったよ」

「いえ、お役に立てて嬉しいです」

きっと明日も同じような実験をするだろうから、比較できるように、さらに細かなデータをとっておこうと決意した。

そうして帝城に戻り、それぞれ宛がわれた部屋で休憩をすることにした。

強い日差しの中でずっと実験を繰り返していたので、涼しい室内に戻るとほっとする。リリアーネが、帝国特有のお茶をもらってきてくれた。

清涼感のあるお茶は、暑さに少しのぼせてしまった体にちょうど良い。

「それにしても、驚きました」

リリアーネは、そう言って首を傾げた。

「サルジュ殿下が何を求めているのか、アメリア様は言われずともわかっていらっしゃるのですね」

「わたしも、似たようなことをしてきましたから」

感心したような言葉に、アメリアはそう言って曖昧に笑う。

誰に求められているわけでもないのに、昔から領地の穀物の成長具合、収穫量をデータにしてまとめてきた。

それをサルジュが必要としてくれて、こうして今のアメリアがある。

自分でも無駄なことをしていると思っていたが、役立てる日が来て、本当によかったと思う。

すぐにデータを纏めなおそうとしたが、リリアーネに休むように言われて、素直に従った。

食事も、リリアーネとふたりで、この部屋で食べる。

ベルツ帝国の昼は長く、ビーダイド王国ではとっくに暗くなっている時間でも、まだ少し明るい。

アメリアは窓から外を眺めながら、この国では魔力の消費が大きくなってしまう理由を、なんとなく考えてみる。

（この国には、魔導師はひとりもいないはずなのに。なぜか、この国の空気は魔力を含んでいる気がする……）

しかも帝城中ではなく、帝都の方で強く感じるのだ。

サルジュにも聞いてみたいと思うが、一般的には魔力が弱い者ほど、他者の魔力に敏感だと言われている。

サルジュほど魔力が強いと、わずかな変化は感じ取れないかもしれない。

（それに、もうこの国には魔導師がいないはずだわ）

考えを巡らせるように瞳を閉じてみたけれど、何も感じ取ることができなかった。


太陽は沈み、周囲は暗闇に満たされていた。

今日書き記したデータのことを考えながら微睡(まどろ)んでいると、ふいにリリアーネが動く気配がした。

呼びかけようとして、彼女がとても険しい顔をしていることに気が付く。

何かあったのかもしれない。

アメリアは息を押し殺して、ベッドから動かずにじっとしていた。

「大丈夫です」

起きていることに気が付いたリリアーネが、アメリアが目を覚ましたことに気が付いて、優しくそう言ってくれた。

「この部屋は、サルジュ様の結界魔法によって厳重に守られています」

それを聞いて、ほっと力を抜く。

「……何があったの？」

「どうやら、何者かがアメリア様の部屋に侵入しようとしたようです」

「サルジュ様は？」

彼の身が心配になって、咄嗟に部屋を出ようとしたアメリアを、リリアーネは引き留める。

「アメリア様、部屋の外に出ては危険です。サルジュ殿下にはカイドと、そしてユリウス殿下がついていらっしゃいます」

そう言われて、アメリアもようやく冷静になった。

結界に守られた安全な部屋を、自分から出てしまうところだった。

「ごめんなさい。つい、取り乱してしまって」

謝罪をして、ゆっくりと扉から離れる。

（それにしても……）

危険かもしれないと説明は受けていたが、まさか本当に襲撃を受けるとは思わなかった。

（わたしたちはカーロイド皇帝の客人で、ここは帝城なのに……）

この襲撃は、彼の地位がまだ盤石ではないという証拠だろう。

それに、研究者として訪れたサルジュやアメリアと違って、ユリウスは身分を隠していない。だから、ビーダイド王国から来た人間だということは、襲撃者も知っていただろう。

（雨を降らせる魔導具の不具合が直って、カーロイド皇帝の支持が戻ってしまうと都合が悪いの？　でも、雨が降らないと困るのは、同じでしょうに）

そう思ってため息をついた途端、馴染んだ声で名前を呼ばれた。

「アメリア」

ふわりと、背後から抱きしめられる。

扉が開いた気配はなかったから、直接移動魔法で飛んできたのだろう。

「サルジュ様？」

不安に思っていたところに、一番会いたかった人に抱きしめられ、アメリアも思わず振り返って、その腕に寄り添った。

おそらくサルジュもすぐにアメリアの部屋に向かおうとして、護衛騎士のカイドに止められたのだろう。

だがアメリアの無事を確認したくて、魔力の使い過ぎで休んでいたはずなのに、魔法を使ってまで来てくれたのだ。

「無事で、よかった」

安堵した様子でサルジュは言ったが、アメリアもサルジュの無事を確認できてほっとしていた。

「ユリウス様は……」

「さすがに兄上には、襲撃はなかったようだ。今、この魔導具が正常に稼働すると、都合が悪い者がいるらしい」

サルジュはアメリアを腕に抱いたまま、窓から外を見つめた。

「このまま放っておけば、おそらくベルツ帝国の領土は、人が住めない場所になってしまう。身内同士で争っている場合ではないだろうに」

呟かれた言葉に、アメリアもこの襲撃犯が、カーロイドの異母弟（おとうと）たちの手の者だと悟る。

ビーダイド王国の王子たちは、とても仲が良い。

だからこそサルジュは余計に、身内で争っているベルツ帝国の現状を嘆いているのかもしれない。

「とにかく今は、魔石の不具合の原因を突き止め、正常に稼働させなくてはならない。これからも妨害があるかもしれないが、アメリアは必ず守る」

その言葉とともに、抱きしめられる腕に力が込められた。

サルジュが与えてくれた言葉と温もりに、不安が消えていく。

リースの策略で陥れられ、信じられる者が誰もいない孤独な生活から救い出してくれたのは、サルジュだった。

復讐（ふくしゅう）を企むアロイスに目を付けられ、攫（さら）われそうになったときも、アメリアを助けてくれたのは、サルジュだ。

だからきっと何があっても、彼が守ってくれる。

そう信じることができる。

（そしてわたしも、サルジュ様を助けたい。わたしのできることなんて、あまり多くはないけれど……）

それでもサルジュはアメリアが必要だと、アメリアがいないと成り立たないと言ってくれる。

その心に報いるためにも、無理をしがちなサルジュの様子に気を配り、言葉にしなくとも、求めているものがわかるようになりたいと思う。

「結界を、強化しておくよ。悪意を持つ者は、この周辺には近づくこともできないようにした。だからふたりとも、安心して休んでほしい」

ビーダイド王国の王子たちは、光魔法で、ここにいない者とも会話することができる。

サルジュもそれでユリウスに、護衛のカイドを置いてひとりで行動をしたことを叱られたらしく、アメリアの部屋に結界を張り直してくれて、自分の部屋に戻っていった。

サルジュの結界が守ってくれる。

そう思うと安心して、ゆっくりと眠ることができた。


襲撃があったことは、ユリウスがカーロイド皇帝に報告したようだ。

カーロイドは今日の予定を話し合っていたアメリアたちのもとを訪れて、昨日のことを謝罪してくれた。

防ぐことができなかったことを詫びる彼に、ユリウスも、こちら側に被害がまったくなかったことと、これからも魔法で結界を張っているので、警備は不要だと告げていた。

「警備兵と争った痕跡はありませんでした。城内も危険だとしたら、あなたも気を付けた方がいい」

ユリウスの警告に、カーロイドも表情を引き締める。

「わかりました。しばらくの間は、身内の者だけで動くことにします」

帝城でさえ気を抜けないカーロイドの現状を思うと、少しだけ同情する。

だが、これが彼の選んだ生き方であり、戦いなのだろう。

それからは、昨日と同じように帝都の外で実験を繰り返す。

実害はなかったのだから、あんな襲撃があったからといって、研究をやめるわけにはいかない。

ベルツ帝国に滞在する期間は、ビーダイド王国の国王陛下によって厳密に定められていて、何があっても延長しないように言われている。

一日でも無駄にはできない。

そしてサルジュとアメリアが予想していたように、魔石の威力はもう一割ほど落ちていた。

翌日は、さらにまた一割。

五セットあった魔石をすべて使い切る頃には、魔石の性能は元から七割も落ちていて、少量の雨を狭い範囲で降らせるのが精いっぱいになっていた。

魔石は、また魔力を補充すれば問題なく使うことができる。

それも、何度も試して確認している。

実験の結果から魔導具の不具合は魔石が原因であり、その魔石も、日にちが経過するごとに力が弱まっていくことがわかった。

だが、もともと魔石は時間が経過したからといって劣化することはない。

何十年も前に作られた魔石でも、問題なく使えるくらいだ。

それなのに、この国にある魔石だけが、すぐに力を失ってしまう。

ベルツ帝国では、魔導具を起動させるために大量の魔石を購入していた。それらがすべて無駄になってしまったのだとしたら、かなりの損失だろう。

だが、魔石の異常はこの国だけに限ったことで、もちろんビーダイド王国の過失ではない。

むしろ長く使えるようにと、高品質の魔石を選んでいたくらいだ。

「……魔導具の不具合の原因は判明した。だが、その理由は不明か」

アメリアが提出した魔石のデータを見つめながら、サルジュはそう呟いた。

魔石だけではなく、魔法で使う魔力の消費量も大きくなっていることを考えると、何らかの力がこの国に多大な影響を与えていることは間違いない。

「だが、今回の滞在は明後日(あさって)までだ。滞在期間は何があっても延長するなと言われているし、アメリアの夏季休暇も終わってしまうだろう。何よりも襲撃を知った兄たちと父から、明日にでも帰国するように言われている」

ユリウスの言葉に、サルジュはすぐに答えずに考え込んでいる。

サルジュにしてみれば、このまま研究を続けたいところだろう。

だが兄たちだけではなく、父である国王陛下からも帰国を促されているのならば、それを聞き入れないわけにはいかない。

「予定されていた日程は、もう一日ある。せめて明日までは、調査を続けたい。この国にも以前は魔導師がいたはず。魔法に関する資料があれば、それを見てみたい」

サルジュの希望に、ユリウスは少し考え込む。

「一応、カーロイド皇帝には聞いてみる。だが、ベルツ帝国に魔導師がいたのは、かなり昔のことだ。そういった資料が残っていればいいが」

「それと、帝国の各地で同じように魔石が消費してしまうのか、その実験も必要だと思う」

サルジュの言葉に、ユリウスは頷いた。

「わかった。それは俺が請け負う。カーロイド皇帝には許可を取ったから、移動魔法で各地に移動して、同じように水やりの魔法を使ってみる。アメリアも、明日もこの国に滞在することにしてもいいだろうか？」

「はい、もちろんです」

アメリアも頷いた。

たしかに襲撃されたことは恐ろしいが、サルジュの結界が守ってくれたので問題ない。明日はサルジュの手伝いをして魔法の資料を探してみようと思う。

こうして予定通りに明後日までは、この国に滞在することになった。

カーロイドに話を通すと、城の奥深くに、かなり古い資料が残されているとのことだった。持ち出すことはできないらしく、サルジュはその資料室に朝からこもっている。

資料室は学園の図書館のような場所で、壁際（かべぎわ）に資料棚がびっしりと並んでいる。

サルジュは端から資料を確認し、必要なものがないか調べている。

探しているのは、この国で過去に同じようなことが起こっていないかどうかだ。

もしかしたら過去にも、魔力を過剰に消費することや、魔石が劣化したような事例があったかもしれない。

どこに何があるかわからない以上、かなり手間のかかる作業である。

アメリアもその手伝いをしていた。

ふたりに付き添ってくれる護衛騎士は、リリアーネだ。

ユリウスはサルジュに頼まれて、ベルツ帝国の色々な場所で魔法を使ってみるようだ。サルジュの予想では、帝都に近いほど、魔力の消費が激しいのではないかということらしい。

サルジュの護衛騎士であるカイドは、今日はそのユリウスの護衛として一緒に各地を回っている。

「かなりの量がありますね……」

アメリアは資料の山を見て、そう呟いた。

ベルツ帝国から魔法の力が失われてから、もう百年近く経過しているらしいが、当時の資料はそのまま残されていた。

「魔法で隠されている資料もあったから、片付けようがなかったのかもしれないね」

サルジュはそう言いながら、手早く資料に目を通している。

アメリアも手伝って古い資料の整理をしていたが、急に部屋の外が騒がしくなった。

必死に扉を叩く音に、護衛騎士のリリアーネが用心しつつ、扉に近寄る。

「サルジュ殿下。リリアン様のようです」

リリアーネの言葉にサルジュは資料から顔を上げる。

「結界を一時的に解除する。彼女を部屋の中に」

「承知いたしました」

リリアーネに付き添われて資料室に入ってきたリリアンは、ひどく動揺した様子だった。

ふらついた足取りで、サルジュの前に座り込む。

そして、震える声で必死に訴えた。

「カーロイド様が刺客に襲われて……」

ベルツ帝国の帝城の中で、皇帝が襲われた。

そう聞いて、さすがにサルジュも資料を置いて立ち上がる。

「カーロイド皇帝が？　容体は？」

「それが、とても酷い怪我なんです。どうか……。どうかカーロイド様を助けてください」

アロイスは所用で帝城を離れていて、傍には昔からカーロイドを支持していた仲間しかいなかった。

その仲間のひとりが、裏切り者だったらしい。

涙ながらにそう訴えるリリアンの様子を見て、アメリアもサルジュの傍に駆け寄った。

一刻を争う事態なのだとしたら、ユリウスが帰るまで待つよりも、アメリアが治癒魔法を使った方がいい。

そう判断して、許可を求める。

「サルジュ様、わたしが治癒魔法を」

「父の許可も得た。すぐに行こう」

魔法による通話で、父である国王に話を通してくれたらしい。

アメリアはサルジュとリリアーネと一緒に、今にも泣き出しそうなリリアンに連れられて、カーロイドの部屋に向かう。

「……っ」

部屋に入った途端、濃い血の匂いに眩暈がした。

「アメリア」

咄嗟にサルジュが支えてくれる。

「ありがとうございます」

背中に伝わる温もりに励まされ、ベッドに横たわるカーロイドに近寄る。

リリアンに縋るような瞳を向けられて、アメリアは力強く言った。

「大丈夫です。きっと癒やしてみせます」

失血が酷かったのか、カーロイドの顔色はひどく白い。

至近距離から、まったく警戒していない相手に切りつけられたようだ。

今は犯人を捜すよりも、彼の命を救わなくてはならない。

「アメリア、これを」

治癒魔法を使おうとしたアメリアに、サルジュが魔石をいくつか渡してきた。

「魔力の消費が、いつもよりも大きいだろう。ましてこれほどの怪我だ。この魔石を使って、治癒魔法を使ってほしい」

「はい、ありがとうございます」

魔石を受け取ると、馴染んだ魔力が伝わってくる。

サルジュが急遽、魔石を作ってくれたのだろう。

アメリアはその魔石を使って、治癒魔法を使う。

「……っ」

命の危険がなくなるまで治癒魔法を使うと、予想よりもずっと魔力を消費した。

もしサルジュが作ってくれた魔石がなければ、魔力を使いすぎて倒れてしまったかもしれない。

サルジュが心配そうに、アメリアを覗き込む。

「大丈夫か？」

「はい。この魔石のおかげで、大丈夫です」

そう言って笑顔を向けると、サルジュも安堵した様子だった。

「カーロイド様を救っていただいて、ありがとうございます、本当に……」

涙ながらに礼を言うリリアンに、傷はふさがったけれど、失った血はすぐには戻らないので、安静にしているように告げる。

ユリウスも急いで戻ってきて、カーロイドの容体を見てくれた。

「アメリアの治癒魔法は完璧だったね。あとは、このまま回復を待つしかないだろう」

そう言ってもらえて、ほっとする。

とにかく彼が回復するまで侵入者を防がなくてはならないと、サルジュがカーロイドの部屋に結界を張ってくれた。

カーロイドに悪意を持つ者は、この部屋に入ることもできないだろう。

「さて、状況を整理しようか」

カーロイドの部屋に全員が集まり、彼の容体を見守りながら、今後の話をする。

中心になっているのは、ユリウスだ。

この場にはリリアンと、カーロイドが襲われたと聞いて戻ってきたアロイスもいた。

アロイスはカーロイドからの命を受けて、帝都の外に出ていたようだ。犯人も、彼が傍にいないときを狙ったのかもしれない。

「犯人は誰か、わかっているのか？」

ユリウスの問いに、リリアンは頷く。

「カーロイド様を襲ったのは、皇太子であった頃からの、側近のひとりでした」

父である前皇帝に逆らい、冷遇されたときでさえ傍にいた。

そんな近しい人物が異母弟に唆(そそのか)され、カーロイドを裏切ったらしい。

カーロイドもユリウスの忠告によって城内の警備兵には警戒していたが、まさか信頼していた側近が裏切るとは思っていなかったのだろう。

傷は治癒魔法で癒したものの、動けるようになるにはまだ時間が掛かる。

皇帝がいつまでも不在では、彼の敵に主導権を握られてしまう恐れがある。

ユリウスはしばらく考えたあと、まだ動揺しているリリアンにこう言った。

「カーロイド皇帝が目を覚ます前に、犯人を明確にしておこうと思う。協力してもらえないだろうか」

「私が、ですか?」

「そうだ。このままでは犯人を見つけるという名目で、カーロイド皇帝の異母弟たちに、この帝城を掌握されてしまう可能性がある。我々の待遇にも、影響を及ぼすだろう」

国に追い返されるのならば、まだ良い方だ。

犯人が明確になるまではと、この帝城に幽閉されてしまう恐れもある。

「魔導具の研究者を……。サルジュとアメリアの部屋を襲わせたのも、彼らの手の者だとしたら、カーロイド皇帝が自由に動けない今、この国に留まるのは危険だ。それに、カーロイド皇帝を守るためにも、ここで真犯人を明確にしておきたい」

ユリウスがリリアンに望んでいるのは、人々の関心を逸らしたり、逆に惹きつけたりできるリリアンの力だろう。

それを理解したリリアンは、戸惑っていた。

それでもカーロイドを守るためだという言葉に、覚悟を決めた様子だった。

「……わかりました。こんなふうに力を使うのは初めてなので、うまくできるかわかりませんが、カーロイド様を守るためなら」

アロイスがリリアンに寄り添い、心配そうに彼女を見つめている。アロイスに、リリアンは健気に笑ってみせた。

「感謝する。カーロイド皇帝は、必ず守ると約束しよう」

ユリウスはそう言うと、リリアンとアロイスに、帝国貴族の主となる者たちを集めるように依頼した。

皇帝が刺客に襲われたということで、帝国貴族たちの間にも動揺が広がっているようだ。

カーロイドのふたりの異母弟は、この機に帝城を乗っ取ろうとしていたようだが、それよりも先にリリアンとアロイスが動いたものだから、苦い顔をしていた。

年上の方がイギス。

年下が、ソーセという名らしい。

どちらも皇帝の寵姫(ちょうき)の息子だが、母親は違う。前皇帝には、皇后の他に寵姫が三人ほどいたらしい。

ふたりともカーロイドにはあまり似ておらず、とても体格の良い男たちだ。

食糧難だったこの国で、彼らだけは裕福な生活をしていたのだろう。

「さて、まずは名乗ろうか。私はビーダイド王国の第三王子、ユリウスだ。カーロイド皇帝にはすぐに治癒魔法を使い、命に別状はない。じきに目を覚ますだろう」

ユリウスがそう言うと、周囲に騒(ざわ)めきが広がる。

ほとんどは、カーロイドが無事だと聞いて安堵しているようだ。

他国の王族であるユリウスの言葉を、皆が静かに聞いているのは、リリアンがその力で彼らの関心をユリウスに惹きつけているからである。

その力を、自分が目立たないようにしか使ったことがない彼女だったが、今回はカーロイドの危機であり、彼を守るために必要なことだと決意したようだ。

「犯人もすでに捕らえられている。皇帝の側近だった男のようだ」

その説明に、また周囲が騒がしくなった。

「つまり兄上は、自分の味方に裏切られた。そういう話のようですな」

そう言って薄ら笑いを浮かべたのは、年下のソーセの方だ。

彼に、ユリウスは視線を向ける。

「事実だけを見れば、その通りだろう。だが、そうなった背景がある。それを今から再現しよう」

ユリウスの視線を受けて、サルジュが前に出た。

以前、アメリアが目撃したように、サルジュの再現魔法は映像ではなく、立体的に映し出す。

目の前にそのソーセと、その側近の姿が浮かび上がった。

「！」

この場に本当にいるかのような再現度に、驚きの声があちこちから上がる。

目の前のソーセは、カーロイドの側近を言葉巧みに唆し、成功した際には、地位も財産も与えると約束していた。

「嘘だ。こんなものはまやかしだ。私を陥れようとして、こんなことを」

ソーセはそう喚いていたが、過去に同じような話を持ち掛けられた者もいたようで、疑いの目が集まっていく。

さらにサルジュは、再現魔法の正確性を示すために、他国出身の者では絶対に知りえないような場面も再現してみせた。

帝国貴族の中には、他国を頼るカーロイドの政策に賛同できない者もいる。

だが、その中には今のこの国の現状を理解して、国内で争っている場合ではないと理解している者も多数である。

権力争いも、この国が存続してこそ。

どちらにとっても、カーロイドはまだ必要な存在であった。

それを安易に排除しようとしたソーセは、きっと重罪人として捕らえられるだろう。再現魔法がなくとも、これほど迂闊なことをした彼ならば、他にも証拠を残しているに違いない。

「他国の事情に干渉するのは、これくらいでやめておこう」

ユリウスはそう呟くと、カーロイドの側近にこの場を任せ、サルジュを連れて部屋を出ていく。

後ろで見守っていたアメリアも、リリアーネに守られてその後に従った。

この国を平定するのは、カーロイドの役目である。

ソーセの処遇も、回復したカーロイドが決めるだろう。

アメリアたちはカーロイドの部屋に戻り、その容体を確認する。まだ眠ったままだったが、顔色は随分とよくなっている。

きっともうすぐ目を覚ますだろう。

「俺たちは予定通り、明日には帰国しなければならない」

ユリウスは、不安そうな顔をしているリリアンにそう言った。

「だが、代わりにアレク兄上が来るそうだ」

そう言うと、彼女もアロイスも安堵した様子だった。

第三王子のユリウス、第四王子のサルジュよりも、王太子であるはずのアレクシスの方が身軽に動けるのも不思議な話だが、アレクシスならば問題ないと、誰もが思っている。

魔法陣の助力がなくとも単独でビーダイド王国まで帰れるし、護衛が必要ないくらい攻撃魔法も使える。

心配なのは、もうすぐ出産を迎えるソフィアと離れてしまうことくらいだ。

だが予定よりも少し早く、先ほど無事に第一子を出産したらしい。

それを魔法による会話で知ったユリウスは、笑顔でそれを報告してくれた。

「母子ともに健康で、エスト兄上が仕上げてくれた魔導具も、とても喜んでくれたようだ」

「そうですか。よかったです」

本当は直接渡してお祝いを言いたかったが、自分たちがベルツ帝国に向かっている間は、アレクシスがソフィアの傍にいることができた。

きっとソフィアも、その方が心強かったに違いない。

帰ったら、さっそくソフィアに会いに行こうと思う。

思い詰めたような顔をしていたリリアンとアロイスも、アレクシスに子どもが生まれたことを知ると、祝福してくれた。

何度もこの国を訪れているアレクシスとは、ふたりとも親しくなっていたのだろう。

カーロイドの寝室にリリアンとアロイスを残し、別室で明日の朝までどうするか話し合うことにした。

「さて、これからのことだが」

「ユリウス兄上は、まだ回っていない町に行ってきてください。あのデータはどうしても必要なものです」

「……わかった。あと少しだから、まだ回っていない町に行ってこよう」

ユリウスはサルジュの要請で、ベルツ帝国の各地で魔法を使ってみて、魔力が想定以上に消費されるかどうかを試していた。

ユリウスはサルジュとアメリアを残して帝城を離れることを心配していたが、必要なデータだと言われて、仕方なく頷いた。

「その間、サルジュはどうする？」

「刻限まで、魔法資料の解析を続けます」

「そうか。それならアメリアには、カーロイドの容体を見守っていてほしいが」

「……はい、わかりました」

サルジュの手伝いをしようと思っていたアメリアだったが、まだカーロイドは目を覚ましていない。

たしかに、もう少し見守っていた方がいいだろう。

「では、リリアーネはアメリアの傍に。カイドも、兄上を頼む」

「お前はどうする?」

ユリウスはひとりで行動することになるサルジュのことが心配そうだったが、結界を張るから問題ないと言われて、納得したようだ。

こうして、それぞれ別行動することになった。

アメリアはカーロイドの容体を見守りつつ、リリアーネとこの部屋で待機することになった。

リリアンとアロイスは、カーロイドの側近とともにこの事態を収めるため、これから忙しく動かなくてはならないようだ。

だからまだ容体が安定していないカーロイドの傍には、治癒魔法が使えるアメリアと、護衛としてリリアーネが残る。

リリアンとアロイスに、カーロイドを頼むと何度も頭を下げられて、アメリアは真摯に頷く。

この大陸の平和のためにも、彼には無事に回復してもらわなくてはならない。

「アメリア、これを」

資料室に移動する前に、サルジュはアメリアに大量の魔石を渡してくれた。

すべて実験で使い切ったはずの魔石である。

サルジュがアメリアのために、魔力を込めてくれたのだろう。

「……ありがとうございます」

アメリアはそれを大切そうに握りしめる。

待機する場所は離れてしまうが、こうしているとサルジュの魔力に包まれているようで、安心することができた。

こうしてアメリアはサルジュに大量に渡された魔石を握りしめ、何度か回復魔法をかけながら、容体を見守っていた。

いつの間にか日が落ち、周囲は暗闇に満ちている。

ユリウスは明日の朝に帰ってきて、そのままビーダイド王国に帰国することになっている。サルジュも、朝まで資料室にこもっているだろう。

サルジュのことは心配だったが、アメリアにはやらなくてはならないことがある。今は自分の役目をしっかりと果たさなくてはならない。

そう思ったアメリアは、カーロイドの様子を見ようと、彼が眠っているベッドに近づく。

(うん、大丈夫そうね)

顔色を確認し、念のため回復魔法を掛けようか迷っていると、微かな声を上げて、カーロイドが目を覚ました。

「……あなたは」

「ビーダイド王国から来た、アメリアです」

アメリアは彼を警戒させないように名乗る。

「目が覚めたのですね。よかった」

まだ混乱しているだろう彼を安心させようと、アメリアは笑みを浮かべた。

「治癒魔法で回復させましたが、まだ体力が回復していません。まだ休んでいてください」

カーロイドは状況を整理しようとしているのか、しばらく考え込んでいる様子だった。

「ああ、そうか。ローヒが裏切ったのか」

そう呟くと、まだ震える手で自分の胸を摑む。

彼を裏切った側近は、ローヒという名前だったらしい。

「ローヒでさえ信じられないのなら、いったい誰を信じれば……」

悲痛な声に、アメリアの胸も痛む。

周囲から見れば、長年の君主を裏切って目先の欲に惑わされた愚かな男でも、カーロイドはローヒを信じていたのだろう。

出会ったばかりの頃は、あれほど意志の強さを感じさせていた瞳が、今は陰っている。

父に逆らってまで、何とかこの国を変えたいと願っていたカーロイドは、今まで前しか見ていなかったのだろう。

だからこそ、背後を任せる仲間たちを信用していた。

けれど、その仲間の中から裏切り者が出た。

きっと彼の歩みは、今までのように迷いのないまっすぐなものではなくなってしまうのかもしれない。

それが何だか切なくて、アメリアは何とか彼を慰めようとした。

「自分に非がなくても、裏切られることはあります」

驚いたように顔を上げるカーロイドに、アメリアは微笑む。

「わたしの以前の婚約者は、わたしが不在の間に学園内に悪評を広めて、孤立させました。他に好きな人ができたからです。恋人ができたことさえ知らなかったのに、わたしは自分でも知らないうちに、ふたりの仲を邪魔する悪女に仕立て上げられていました」

命を狙われたカーロイドに比べると、軽い話かもしれない。

卑劣な裏切りに、いつまでも囚われる必要はないのだと、伝えたかった。

「でも今の婚約者が、わたしを救ってくれました。味方になってくれる人は、必ずいます。ですから……」

「ああ、たしかあなたは、ビーダイド王国のサルジュ殿下の婚約者でしたね」

カーロイドは納得したように頷くと、ふと表情を和らげてアメリアを見つめた。

「あなたたちには、何があっても揺るがない信頼関係があるようだ。そんな関係が、とてもうらやましく思えてしまう」

焦がれるような瞳で見つめられて、少しだけ怯む。

「わたしたちにも色々なことがありました。それを乗り越えるたびに、愛も絆も深まっていきます。皇帝陛下にも、何があっても味方になってくれる人がいます」

「……そうだな。まだ、諦めるわけにはいかないか」

そう言いながらも、その表情はあまり晴れやかではない。

信頼している側近に裏切られたばかりなのだから、無理もないと思う。

そんなときに思い浮かんだのは、カーロイドを助けようと必死になっていた、リリアンとアロイスの姿だった。

「リリアンさんは、皇帝陛下を助けようと必死でした。ずっと他人には使わなかった魔法の力を、真犯人を見つけるために使ってくれましたから」

アロイスも、自分が傍を離れている間にカーロイドが襲われたと聞き、青ざめた顔をして駆け込んできた。

それを伝えると、カーロイドも少し気持ちを持ち直したようだ。

「そうか。リリアンとアロイスが。ふたりには感謝しなければ」

「明日の朝には、ユリウス様から襲撃に関する詳しい話があるかと思います。今は体を休めることを優先させてください」

アメリアの言葉に、カーロイドは素直に従ってくれた。

背後に付き従ってくれていた護衛騎士のリリアーネが、代わりにカーロイドの傍についてくれる。

「私がいますから、アメリア様も少しお休みください」

「ええ、ありがとう」

リリアーネに礼を言い、アメリアは部屋の隅にある大きなソファに横になる。

(サルジュ様、どうしているかしら……)

もうカーロイドは大丈夫だと確信すると、今度はひとりで資料に没頭しているだろうサルジュのことが心配になってくる。

きっと休息も取らずに、熱中しているに違いない。

「サルジュ様……」

思わず声に出して名前を呼ぶと、ふわりと馴染んだ魔力がアメリアを包み込む。

「あ」

魔法の気配を感じて、リリアーネが慌てて駆け寄ってきた。

「これは……」

「大丈夫。サルジュ様の魔力だわ。様子を見てくるから、リリアーネは、ここで皇帝陛下をお守りして」

最後まで言い終わらないうちに、転移魔法で移動したときのような感覚が体を包み込む。思わず目を閉じてしまったアメリアの体は、サルジュに抱きかかえられていた。

「サルジュ様！」

心配で、傍にいたかった。

それぞれの役目があるからと我慢していたのに、彼の顔を見た途端、アメリアはその腕の中に飛び込んでしまう。

「急に移動させて、すまなかった。アメリアが呼んでいる声が聞こえたような気がして、つい呼び寄せてしまった」

そう謝罪する彼に、アメリアは何度も首を横に振る。

「いいえ。わたしもサルジュ様のことばかり考えていました」

彼の腕に抱かれたまま見渡してみれば、周囲には魔法に関する資料が並んでいる。

ずっとここで資料を読み込んでいたのだろう。

「邪魔をしてしまって、申し訳ありません」

「そんなことはない」

そう言って、アメリアの手を握ってくれる。

サルジュの手が、アメリアの指に嵌(は)められた指輪をなぞる。

「研究よりも、他の何よりも。私にとっては、アメリアが一番大切だ。だから、何かあったらいつでも呼んでほしい。何をしていても、必ず駆けつける」

普段はあまり言葉にする人ではないだけに、その言葉はアメリアの心に深く刻み付けられる。

「ありがとうございます。わたしにも、サルジュ様だけです」

何があっても、サルジュを想う心は揺らがないだろう。

そう思ったところで、先ほどのカーロイドの言葉を思い出す。

「カーロイド皇帝陛下が目を覚まされました。信頼していた側近に裏切られたことで、とてもショックを受けていらして……」

「そうだろうな」

彼の心情を思いやって、サルジュも静かに頷いた。

高い理想を掲げて、いばらの道を歩き続ける彼の背を追う者は、あまりにも少ない。

そしてこれからも、彼が平坦な道を選ぶことはないだろう。

でも、どんなに強い人でも、誰かを頼りたくなることはある。

支えてほしいと思うことは、絶対にあるだろう。

「わたしたちの関係を、うらやましいと口にされていました。でも、カーロイド皇帝陛下の傍には、リリアンさんとアロイスがいますから」

きっとふたりが、これからもカーロイドを支えてくれるだろう。

それからは、ふたりで朝まで魔法の資料に目を通した。さすがにこれを持ち出すことはできないから、要点を覚えるしかない。

ユリウスが迎えに来るまで、ふたりで没頭していた。

「やはりアメリアもここにいたか」

「申し訳ございません」

カーロイドの傍を離れてしまったことを謝罪したが、彼も目が覚めて容体が安定していたので、ユリウスも咎めるようなことはしなかった。

アメリアもサルジュと一緒にカーロイドと対面した。

意識もしっかりとしていて、体調もそれほど悪くなさそうだった。

このまま順調に回復していくだろう。

まだ血の気の引いた顔をしているが、その瞳には強い光が戻っていた。

「ソーセの件も、感謝する。再現魔法というものは、すごいものだな」

「使う必要がなければ、一番いいのですが。光魔法の使用には厳しい制限がありますが、要請があればいつでも助力します」

ユリウスはそう告げる。

後のことは、入れ違いにこの国を訪れることになっているアレクシスに任せ、アメリアたちはこのまま帰国することになった。

アロイスはカーロイドの護衛のために残り、リリアンに付き添われて帝城を出ると、魔法陣のある場所まで移動する。

日中だというのに、帝都はとても静かだった。

あまり人影も見えない。

リリアンが言うには、昼の一番暑い時間帯は、あまり屋外には出ずに、早朝や日が落ちてから活動する人が多いらしい。

(たしかにとても暑いから、外に出るのは危険かもしれない)

日よけの布を被っていても、太陽の光は容赦なく降り注ぐ。

(それに……)

アメリアはふと足を止め、帝都を見渡す。

やはり、魔力を感じる気がする。

場所まではわからないが、この町にはたしかに魔力を感じ取れる場所がある。

「アメリア?」

立ち止まってしまったアメリアに、サルジュが心配そうに声を掛けた。
慌てて駆け寄り、彼が差し伸べてくれた手を握る。
魔法陣のある建物まで辿り着くと、その前でリリアンとは別れる。
リリアンは何か言いたそうにアメリアを見つめていたが、何も言わずに頭を下げた。
「兄上たちが待っている。帰ろうか」
ユリウスの言葉に頷き、アメリアは魔法陣の上に立つ。
そのまま転移魔法に備えて瞳を閉じた。

# 第三章　問題解決と平和のために

目を開いたときには、もうすっかり馴染んだビーダイド王国の王城に到着していた。

少し湿った冷たい空気。

ビーダイド王国には、雨が降っていた。

窓を叩く雨音を聞いていると、帰ってきたのだと実感が湧く。

そう長くない滞在だったが、色々なことがあった。

ベルツ帝国の乾燥した空気。

強い日差し。

そして、何度も魔導具で降らせた雨のことなど。

「アメリア」

優しい声で名前を呼ばれて、我に返る。

サルジュが、アメリアに手を差し伸べていた。

「疲れただろう。今日はもう部屋に戻って、ゆっくりと休んだ方がいい」

「ですが……」

国王陛下に帰国の挨拶をしなくてはならないし、アレクシスやソフィアにも会いに行きたい。

持ち帰ったデータの整理や分析など、やらなくてはならないことはたくさんあるはずだ。

「報告などはこちらで行うから、アメリアは休んでもかまわないよ。あんな事件に巻き込まれてしまって、疲れただろう」

でもユリウスもそう言ってくれたので、よほど疲れた顔をしていたのだろうかと、アメリアは思わず自らの頬に触れる。

でも実際に色々なことがあって、たしかに疲れているという自覚はある。サルジュに心配をかけてしまう前に、きちんと休んだほうがいいのかもしれない。

「リリアーネ、アメリアを休ませてやってほしい」

「はい、承知いたしました」

迷っているアメリアを見て、サルジュがそう指示すると、リリアーネが素早く動いた。

そうして部屋に連れて行かれてしまう。

「移動は魔法で一瞬でしたが、ベルツ帝国はとても暑かったですから、その気温差でかなり体力を消耗してしまっているはずです。ですからサルジュ殿下がおっしゃっていたように、今日はゆっくりとお休みください」

「……でも、わたしが傍を離れたらサルジュ様が」

間違いなく、すぐにでも持ち帰ったデータの分析に取り掛かるだろう。徹夜をしてしまう可能性もある。

だから傍にいなくては。

そう言うアメリアに、リリアーネは優しく言い聞かせるように告げた。

「サルジュ殿下はこれから、国王陛下に調査結果のご報告に向かわれるかと思います。ユリウス殿下もご一緒ですし、長引いてしまう可能性もあるので……」

サルジュとユリウスは、あのまますぐに国王陛下とアレクシスに事態の報告に向かったのだろう。

今回は公務ではなく、研究者のひとりで向かったので、そこに同席する必要はない。サルジュが戻るまで、別室で待機することになってしまう。

だからサルジュは、報告の内容からして長引くと予想して、アメリアを先に休ませてくれたのだろう。

ならば今のうちにしっかりと休んで、サルジュに必要とされたときに、全力で動けるようにしておかなくては。

アメリアはそう思い直して、おとなしく休むことにした。

リリアーネが戻ったあとは着替えをして、専属のメイドにお気に入りの紅茶を淹(い)れてもらうと、今までの疲れが一気に押し寄せてきた。

「アメリア様、もうお休みになった方がよろしいのでは？」

メイドに優しくそう言われて、こくりと頷(うなず)く。

「うん。そうするわ。ありがとう」

少しだけ休憩するつもりで、ベッドに横たわって目を閉じる。

体は想像していたよりも疲れていたらしく、アメリアはいつの間にか眠ってしまっていたようだ。

目を覚ましたときには、もう朝になっていた。夕方から翌朝まで眠ってしまったことに驚き、慌てて身支度をする。

もう朝食の時間も終わってしまったらしく、メイドが部屋に用意してくれた。

「マリーエ様が、会いたいとおっしゃっておりました」

「ええ、わかったわ。連絡をお願い」

そう頼んでおく。

用意してもらった朝食を終えた頃に、来客があった。

連絡を聞いたマリーエが来てくれたかと思ったが、どうやら違っていたらしい。

「アメリア様、王太子殿下がお見えです」

「アレクシス様が？」

メイドの言葉に、アメリアは慌てて彼を迎え入れる。

彼は今、ユリウスとサルジュと一緒に、国王陛下と話し合いをしていたはずだ。

それが終わったあとすぐに、カーロイドの容体を見守るために、ベルツ帝国に向かうと聞いていた。

「目が覚めたばかりだというのに、すまない。向こうに行く前に、どうしてもアメリアと話したくて」

アレクシスはそう言うと、アメリアを見つめた。

カーロイドについて何か聞きたいことがあるのかと思い、緊張してその言葉を待つ。

「直接、魔導具の礼が言いたくてね。エストから、考案者がアメリアと聞いたものだから」

「あ」

アレクシスの要件は、ソフィアとアレクシスの子どものために、魔力を制御できる年になるまで役立てればと思い、提案した魔導具のことのようだ。

アメリアたちがベルツ帝国に赴いている間、ソフィアは第一子となる男児を出産していた。

生まれてきた子どもは、やはりとても強い魔力を持っていて、さらに光属性であることは間違いないようだ。

ベルツ帝国に向かう前に、エストから魔導具が問題なく完成しそうだと聞いていた。

もしアメリアが帰国する前に子どもが生まれてしまうことがあれば、完成した魔導具をソフィアに渡してほしいと頼んでいたのだ。

エストはそれを実行してくれたのだろう。

「すみません、勝手に」

「いや、とても役立ったよ。ソフィアも安心している。ありがとう。アメリアのおかげだ」

魔力の強い子どもは、制御を覚えるまで泣き喚(わめ)くことが多くて大変だと聞くが、魔導具のおかげでおとなしく眠っていることが多く、ソフィアはとても助かっているらしい。

そう言ったアレクシスは、とても優しい目をした。

ソフィアと生まれてきた子どもを大切に思い、ふたりの負担を軽くする魔導具を考えてくれたアメリアに、心から感謝してくれているようだ。

「お役に立てて、よかったです」

「ソフィアも感謝していた。あとで、会いに行ってやってくれ」

「はい。わたしも会いたいです」

アレクシスはそれだけ伝えると、慌ただしく立ち去っていく。

これからベルツ帝国に向かうらしい。

ふたりの役に立ててよかったと、心からそう思う。

しばらくして、マリーエがアメリアの部屋を訪れた。

彼女は昨日の夜も、アメリアの部屋に来てくれたらしい。

メイドからまだ眠っていると聞き、そのままそっとしておいてくれたようだ。

「ごめんなさい。こんなに眠ってしまうなんて、自分でも思わなくて」

そう謝罪しながら、マリーエを部屋に迎え入れる。

「いいえ、大丈夫よ。ゆっくり休めたようでよかったわ」

マリーエは優しくそう言いながら、アメリアの向かい側に座る。

アメリアとしては、すぐにサルジュに会いに行きたかったが、彼は朝から、アレクシスと国王の三人で話し合いをしているという。

長引きそうだと、マリーエは教えてくれた。

「だから、もし体がもう大丈夫なら、ソフィア様に会いに行きましょうか？　アメリアに会いたがっていらしたから」

「ええ、行きたいわ」

アレクシスの言葉を思い出し、ソフィアと生まれたばかりの子どもにも早く会いたいと、アメリアは顔を輝かせる。

「アメリアのおかげだと、みんな感謝していたわ。でも、そちらは大変だったようね」

「……うん」

労わってくれるマリーエの言葉に、アメリアは俯きがちに頷く。

「魔導具の不具合の原因が魔石だとわかっただけで、他はまだ何も。でも魔石だけではなく、魔法を使うときにも影響があるみたい。ベルツ帝国にまだ魔導師が存在した頃の記録を、サルジュ様が色々と調べていらしたわ」

「そう。魔法にも影響があるなんて、少し怖いわね」

マリーエの言葉に、アメリアも同意して頷く。

魔導師にとって、自分の想定以上に魔力が奪われるのは、たしかに恐ろしいことだ。

「ベルツ皇帝の暗殺未遂事件もあったと聞いたわ。あなたの治癒魔法のおかげで助かったのだと。本当に、色々と大変だったわね」

労わってくれるマリーエの言葉に、アメリアは笑顔で首を横に振る。

「そうね。でもサルジュ様が部屋に結界を張って守ってくれたし、心細いときも傍にいてくれたの。だから、大丈夫よ」

カーロイドの弱った様子を見ただけに少し心配はあったが、彼はひとりではない。

アロイスとリリアンが傍にいる。

「わたくしも、今日からこの場所に住むことになったの」

マリーエは、そう言ってアメリアに微笑んだ。

「わたくしにできることなんてほとんどないかもしれないけれど、もし手助けが必要ならいつでも言って」

「そうだったのね。うん、ありがとう。とても心強いわ」

本来なら、マリーエはもうすぐ、第三王子のユリウスと結婚する。

側妃の子である第二王子のエストと第三王子のユリウスは、結婚したら爵位を賜って臣下になるはずだった。

次期国王となる王太子のアレクシスが、ふたりにも王家に残り、自分の補佐をしてもらうことを望んだのだ。

四人の父である現ビーダイド王国の国王陛下には、兄弟や従兄弟もいない。

そのため、王国の責任すべてをひとりで背負わねばならなかった。

しかも冷害は年々酷くなり、各国でも食糧は不足気味である。

その対策や、各国との連携。

さらにこちら側の土地を虎視眈々と狙っているベルツ帝国への対策などで、国内に目が行き届いていたとは言いにくい状況だった。

あの王立魔法学園の現状も、そのために見逃されてしまっていたのかもしれない。

今は四人の王子たちが、それぞれの分野でこの国のために貢献している。

アレクシスは王太子として、他国との連携や、ベルツ帝国との関係を改善するために動いていた。

エストは王立魔法学園で、学生たちを導く役目を担う。

ユリウスは王立魔法研究所の所長として、魔法技術の発展と継承を。

そしてサルジュは、植物学と土魔法の研究で、この国のみならず、この大陸すべての国の食糧事情を解決するために動いている。

この国の未来をよりよくするためには、誰ひとり欠けてはならない。

兄弟全員が王家に残り、支えてくれることを望んでいた。

アレクシスの考えに、王太子妃のソフィアも喜んで賛同していた。

(わたしも、マリーエやクロエ様が一緒なら嬉しい……)

王子妃になれば、自分の領地だけを管理していればよかった地方貴族とは違う。

この国のために働かなくてはならない。

責任の重さがまったく違うので、やはり覚悟が必要となる。

それでもサルジュを支えたい、生涯をともに過ごしたいという願いのために、必死に頑張ってきたのだ。

だからマリーエとクロエが同じ立場になってくれるのは、とても心強い。

(それに、エスト様とユリウス様がいてくださるなら、サルジュ様も研究に専念できるわ)

学園生活の中でもサルジュを気に掛けていたユリウスは、きっと今後もサポートしてくれることだろう。

もちろんアメリアも精いっぱい勤めるが、ユリウスの存在は、アメリアにとっても支えとなる。

マリーエもまた、ユリウスと結婚することによって、アメリアと同じく王子妃という立場になった。住む場所も、この王族の居住区に移動になる。

マリーエと同じ場所で暮らせるのは、アメリアも心強い。

「結婚したら、あなたの義姉になるわ。アメリアはわたくしの初めてのお友達で、一番の親友よ。これからもよろしくね」

アメリアからするとマリーエは、孤立してつらかったときに親身になってくれた恩人だ。

マリーエも、今までひとりも友人がいなかったこともあり、アメリアを大切な親友だと言ってくれる。

「だってアメリアは、わたくしの夢をすべて叶えてくれたわ。友人の領地に遊びに行ったり、お泊まり会をしたり。そして、素敵な人と結婚したいと思っていた夢も」

そう言って、少し照れたように笑うマリーエは、とても可愛らしい。

たしかにマリーエとユリウスが出会ったのは、アメリアとサルジュがきっかけだった。

だからか、縁を結んでくれたのはアメリアだと言ってくれる。

「わたしにとっても、そうだわ。マリーエはかけがえのない親友で、これからは大切な家族の一員だもの」

まだアメリアは結婚していないが、サルジュの兄たちも国王陛下と王妃陛下も、アメリアを家族として扱ってくれている。

そこに、今日からはマリーエも加わる。

「ええ、よろしく」

互いに微笑みながら、握手をする。

大切な親友と家族になることができるのは、とてもしあわせなことだ。

「では、さっそくソフィア様のもとに行きましょうか」

移動先も王族居住区内なので、メイドひとりだけを連れて、マリーエと一緒にソフィアの部屋に向かう。

メイドが訪問を告げると、ソフィアの優しい声が入室を促した。

「おかえりなさい、アメリア。随分大変だったようね」

そう言って労わってくれるソフィアは、ベッドの上で体を起こしていた。

治癒魔法で体は回復しているが、アレクシスが、しばらくは休んでほしいと懇願したらしい。

彼女の傍には、ベビーベッドが置いてある。

そこに視線を向けると、アレクシスやサルジュと同じ、金色の髪をした乳児が眠っていた。

肌はソフィアのように白く、眠っているので瞳の色はわからないが、どちらに似ても綺麗(きれい)な青色だろう。

まだ小さな命だが、いずれはこの国の王となる子どもである。

「ソフィア様。遅くなりましたが、おめでとうございます」

アメリアが祝いの言葉を告げると、ソフィアは輝くばかりの笑顔で頷いた。

「ありがとう。直前にエストから、例の魔導具を見せてもらったの。そのおかげで、とても安心できたわ」

エストはソフィアの不安を和らげようと、魔導具の存在を先に話していたようだ。

ソフィアが安心できたのならば、そうしてもらえてよかった。

アメリアはそう思う。

「本当に、ありがとう」

もう一度言って、ソフィアはアメリアの手を握る。

「この子も、アレクシスの子どもだけあって、とても強い魔力を持っていたのよ。この魔導具がなかったら、大変なことになっていたかもしれない」

まだ小さな腕には、魔力の調整をしている腕輪が嵌められている。

大きさは魔力で調整できるようで、自分で魔力を制御できるようになるまでは、父となったアレクシスが管理するようだ。

「お役に立てて、よかったです」

少し不安はあったが、提案してよかったと心から思う。

「先ほど、アレクシス様がわたしの部屋まで来て、お礼を言ってくださいました」

「アレクシスが?」

ソフィアは驚いたようだが、やがて納得したように頷いた。

「そうね。むしろ私よりも不安だったようだから、アメリアが提案してくれた魔導具で、一番安心したのはアレクシスかもしれないわ」

「いえ、わたしはただ提案しただけで。設計してくれたのはサルジュ様で、制作してくれたのはエスト様です」

「いや、アメリアが思いついてくれなかったら作れなかったものよ」

そう言われて、アメリアは恐縮してしまう。

アイデアだけでは、成り立たない。

協力してくれたサルジュとエストのおかげなのだ。

ぐっすりと眠っているので、後日あらためて抱かせてもらうことにして、アメリアはマリーエと並んで、ソフィアのベッドの近くにある椅子に座った。

「ベルツ帝国は大変だったようね。あなたたちを襲ったばかりか、まさかこんな時期に皇帝を暗殺しようとするなんて」

「はい……」

あの一連のできごとを思い出し、アメリアは俯いた。

前皇帝には、カーロイドを含め、三人の息子がいる。

皇后の息子で、長兄のカーロイド。

そして、それぞれ別の寵姫の息子である、イギスとソーセだ。

前皇帝は、まだ後継者を決めかねていたようだ。

しかしその突然の死によって、一番帝位に遠いと思われていたカーロイドが即位した。

ベルツ帝国で耳にした噂では、その即位にもビーダイド王国の後押しがあったとのことだ。

アメリアはその辺りの事情には詳しくないが、アレクシスならば、それくらいのことはやっていただろう。

異母兄の即位を不服としたイギスとソーセは手を組み、帝位簒奪を企んだ。

だが、もともとふたりの仲は悪く、常にいがみ合っているような状態だったらしい。

協力しているつもりが互いに疑心暗鬼となり、ソーセがイギスを出し抜こうとして、このような暴挙に出たのだろう。

「ここでカーロイド皇帝が暗殺されていたら、国家間の戦争が起きていたかもしれない。アメリアが素早く治療してくれて、本当によかったわ」

「……ユリウス様の指示でしたから」

感謝を示してくれるソフィアに、アメリアはそう答えた。

回復したばかりのカーロイドを助けるために、アレクシスはまたすぐにベルツ帝国に向かうのだろう。

過剰な支援は、また反発を生んでしまうかもしれない。

ベルツ帝国は、アメリアが思っているよりもずっと、排他的な考えを持つ人が多かった。

(他国とは長い間、交流が途絶えていたから、仕方がないのかもしれないけれど……)

今のベルツ帝国は、自国の力だけで立ち直ることはできないだろう。

ふいにアメリアは、サルジュの言葉を思い出す。

あれは、サルジュによって結界が張られ、守られていた部屋が襲撃を受けたときのことだ。

このまま放っておけば、おそらくベルツ帝国の領土は、人が住めない場所になってしまう。

アメリアの様子を見に来てくれたサルジュは、たしかにそう言った。

おそらくサルジュには、ベルツ帝国に起こる不可解な魔力妨害の原因が、何となくわかっているのかもしれない。

「アメリア、やっぱりもう少し休んだ方がいいわ」

ソフィアが気遣うようにそう言ってくれて、アメリアは我に返る。

「いいえ、大丈夫です。その、色々とあったので、つい考え込んでしまって」

出産したばかりのソフィアの方がずっと疲れているはずなのに、気を遣わせてしまったのが申し訳なくて、アメリアは謝罪した。

それでもソフィアは、アメリアをもう少し休ませた方がいいと判断したようだ。

「とにかくお礼が言いたかったの。ありがとう、アメリア。私もこの子も救われたわ」

「お役に立てて、わたしも嬉しいです」

優しく笑うソフィアに、生まれたばかりの小さな命。

傍にはマリーエもいる。

ここは、大切な人たちがたくさんいる、かけがえのない祖国だ。

このビーダイド王国を守るためにも、魔導具の問題の解決に向けて尽力しなければならないと、あらためて誓う。

サルジュと会えたのは、その日の夕食になってからだ。

ソフィアを見舞ったあとは、彼女の言うように少し休んだ。

結婚式の準備に悩むマリーエの相談に乗り、そのあとは自分の部屋で、サルジュに提出する資料作りに没頭していたのだ。

ベルツ帝国で見た魔法の資料の内容を、ただ書き出すだけの簡単なものだ。

さすがに持ち出すことはできなかったので、なるべくたくさん読んで内容を覚えたものを、整理しながらまとめていく。

（ベルツ帝国に、属性の魔導師がいたのは随分昔のことね。最後に確認されたのは、今から百数十年も前のこと……）

それ以降はアロイスのような、属性ではない魔法を使う者が増えている。

彼が『魔法のようなもの』と言っていたように、本来の魔法と比べると、とても弱い力だ。

（物を少し浮かせてみたり、透視能力があったり……。属性魔法を使えるほど、魔力がなかったのね）

覚えてきた内容を整理しながら、ベルツ帝国の魔導師の歴史を辿る。

やがて、些細な魔力を持つ者も完全に途絶えた。

それがちょうど、ベルツ帝国の前々皇帝のときのようだ。

魔法は、とても強い力だ。

その力が国から失われてしまったことを恐れた当時のベルツ帝国の皇帝は、他国から魔導師を呼び寄せようとした。

そのときには、隣接したジャナキ王国でも、魔力を持つ者は王族ばかりとなっていて、そんな貴重な魔導師を他国に流出させることを禁じた。

そこで標的になってしまったのが、魔導師が豊富なビーダイド王国であり、中でも光属性の魔法が使える唯一の存在である、王族だったのだ。

（けれど、攫われた王女殿下の子どもは、属性魔法が使えるほどの魔力は持っていなかった……）

いくら王族にしては魔力が弱かったといえ、攫われた王女も、間違いなく光属性の魔法を使う魔導師だった。

その子どもが、属性魔法が使えない程度の魔力しか持たないとは思えない。

（もしかしたら王女殿下の魔力も、あの国に滞在するうちに弱まっていた？）

徐々に力を失っていった魔石のように、どんなに力を持った魔導師でも、ベルツ帝国に長く滞在するうちに、魔力を奪われてしまうのだとしたら。

アメリアは資料を書き出しながら、そこに自分の考えも書き足していく。

そうだとしたら、頻繁にベルツ帝国に行っているアレクシスが心配だ。

たしかに彼はこの国で一番強い魔力を持っているが、まったく影響がないとは思えない。

「だとしたら……」

「アメリア？」

懸念を口にしたアメリアは、ふいに名前を呼ばれて驚いて振り返る。

そこには、少し呆れたような顔をしたマリーエがいた。

「もう夕食の時間よ。もしかして、あれからずっと資料作りに没頭していたの？」

「……ごめんなさい。つい、夢中になって」

朝にソフィアのところに顔を出し、昼過ぎにはマリーエと別れたはずなのに、気が付けば窓の外は真っ暗になっている。

「サルジュ殿下も来なかったから、ユリウス様が呼びに行っているわ。さあ、行きましょう」

「うん」

素直に資料を片付けて、マリーエに連れられて部屋を出た。

「お待たせして、申し訳ございません」

ダイニングルームではすでにアレクシスとエスト。そしてソフィアが待っていた。やがてユリウスに連れられて、サルジュも姿を見せる。

「サルジュ様」

やっと会えたのが嬉しくて声を掛けると、彼の方は少し決まり悪そうに、謝罪の言葉を口にする。

「すまない。つい、没頭していた」

無理はしないと約束したことを、気にしているのだろう。

アメリアは思わず表情を和らげる。

約束を、大切にしてくれるのは嬉しい。

「すみません。わたしもつい熱中してしまって。マリーエに迎えに来てもらったところです」

だからこそ、嘘（うそ）は言いたくなくて正直に言うと、サルジュはほっとしたように表情を緩ませた。

「ふたりとも、気を付けるように」

アレクシスにそう言われて、揃って返事をする。

「はい」

「わかっています」

それから夕食が始まった。

乳母がついていてくれるものの、ソフィアは我が子の様子が気になるらしく、早々に部屋に戻っていく。

サルジュもすぐに図書室に戻ってしまうのかと思ったが、彼はアレクシスやユリウスと、何やら話し合いをしている。

だからアメリアもマリーエと、もう間近に迫った彼女の結婚式についての話をしていた。

「とても綺麗で豪奢なドレスだったわね。マリーエにとても似合っていたわ」

昼に彼女の部屋を訪れたとき、ちょうど彼女のためのウェディングドレスを見ることができた。

細かい調整のために試着したマリーエの姿はとても美しく、アメリアは思わず感嘆のため息をついたほどだ。

「ソフィア様と王妃陛下がとても張り切ってくださって。いくら何でも派手すぎると思ったくらいよ」

「ううん、マリーエにはあれくらいじゃないと」

マリーエの華やかな美貌を引き立てるためには、あれくらい贅沢なものではないと釣り合わないだろう。

ソフィアと王妃はよくわかっていると、アメリアはひとり頷いた。

「きっとユリウス様も気に入ってくださるわ」

「そうなら、いいけれど」

ほんのりと頬を染めてそう言ったマリーエはとても可愛らしくて、思わず笑みを浮かべてしまう。

「この状況では色々と忙しいでしょう。でもアメリアだってもう準備しなければならないわ。わたくしたちと違って、アメリアの結婚式は春だもの」

「……そうね」

王家に嫁ぐのだから、結婚式もその準備も大掛かりなものになるのは仕方がない。

自分はマリーエのような華やかな美人ではないし、あのサルジュの隣に立てば、どうしても見劣りしてしまうだろう。

（ああ、でも。それでも……）

準備の大変さよりも、地味な自分の見た目に対する嘆きよりも、とうとう愛する人と結婚できるという喜びの方がずっと上だった。

「春が、待ち遠しい」

思わずそう言葉にしてしまった。でもマリーエはからかうことなく、優しく慰めるように言ってくれた。

「春なんて、もうすぐよ」

「うん、そうね」

それまでに、雨を降らせる魔導具の問題も、解決すればいい。

そのためにも、はやくサルジュに提出する資料を完成させなくては。

そう思ったアメリアは、まだやらなくてはならないことがあると言うマリーエと一緒に、少し早めにそれぞれの部屋に戻った。

サルジュはまだ、アレクシスとユリウスの三人で話し合いをしているようだ。

あのふたりが一緒ならば、サルジュが無理をする前に止めてくれるだろう。そう思って、夕食のために中断していた資料作りを再開する。

「うん、できた」

ようやく完成したのは、もう真夜中過ぎのことだった。

「もうこんな時間……。明日から新学期が始まるから、もう寝ないと」

夏季休暇は、今日で終わりだ。

もしアメリアがもう学園を卒業していたら、もう少しベルツ帝国に滞在して、詳しい調査ができたのかもしれない。

そう思うと少し残念になったが、どのみち襲撃があった時点で、国王陛下もアレクシスも、ベルツ帝国から早めに引き上げるように命じただろう。

資料は明日の朝、学園に行く前にサルジュに渡して行こうと思う。

そして翌日から新学期となり、アメリアは学園に通わなくてはならない。

朝食で会ったサルジュに、昨日制作した資料を渡してから、学園に向かう。

今日からは、研究所に通うマリーエも一緒だ。

従弟のソルとミィーナが休み時間にわざわざ訪ねてきて、レニア領の作物の成長具合と、両親の様子を報告してくれた。

特に、成長促進魔法をかけた肥料を与えた土地は、もう収穫できるくらいに育っていて、効果は抜群のようだ。

（でもこれは、サルジュ様が魔法を掛けてくれたからかもしれない。魔導師によって品質の差が出るのは、少し問題ね）

他の土魔導師にも協力してもらって、一定の品質の肥料が作れるように調整しなくてはならないだろう。

ソルに渡してもらった資料を分析しているうちに、昼休みになったらしく、マリーエが昼食に誘ってくれた。

「今日は学園内にある食堂に行かない？」

サルジュが卒業してからは、アメリアもマリーエも研究所にある休憩室を使っていた。でも学園内にある食堂には、アメリアが学生のうちしか入れないだろう。

一度、一緒に行ってみたかったとマリーエが言っていたことを思い出して、アメリアはすぐに頷いた。

「ええ、そうしましょう」

アメリアも、入学してから特Aクラスに進学するまでのわずかな時間しか、食堂を利用していない。

（そういえば、名前も知らない上級生から、嫌がらせで紅茶を掛けられそうになったこともあった。さすがにあれは酷かったと思う）

あれから随分経過して、学園内の雰囲気も変わったことだろう。

あのとき、初めて再現魔法を見たことも思い出し、思わず立ち止まる。

（たしか食堂に入ってすぐに、あの人たちに会って。それをサルジュ様が庇ってくださって……）

「アメリア、どうしたの？」

立ち止まったアメリアに、マリーエは不思議そうに尋ねる。

「少し昔のことを思い出してしまって。一年生のときに……」

当時の話をすると、マリーエは憤った。

「そんなことがあったの？　いくら何でも、ひどすぎるわ」

「サルジュ様が庇ってくださったし、ユリウス様がすぐに再現魔法を使ってくださったから、大丈夫だったわ」

そんなマリーエを落ち着かせるように、穏やかにそう言う。

「再現魔法……。そうだったのね」

過去を完全に再現するあの魔法の前では、誰であろうと言い逃れはできない。

これからはエストが、学園でその役目を担うのだろう。

（それに、その当時と比べると、雰囲気も随分変わったわ）

空いていた席にマリーエとふたりで座り、周囲を見渡しながらそう思う。

生徒たちは皆、和やかに談笑していて、一部の生徒が他を支配しているようなこともない。

（よかった……）

表には見えない問題があっても、エストがいればいずれ解決していくだろう。

もう誰にも、あんな思いはしてほしくない。

成人してからも、楽しかったと思い返せるような場所になってほしい。

ここは魔法を学ぶための学園で、あまり他の領地とは交流のない地方出身者にとっては、友人を作れる貴重な場でもある。

アメリアがマリーエと出会えたように、心から信頼できる人と出会うことができればと思う。

学園から王城に帰ると、着替えをしてからすぐに近くにある図書室に向かう。

そこには、予想していたようにサルジュの姿があった。

珍しく魔導書も資料も開いておらず、ただ静かに考えを巡らせている。

ベルツ帝国で見せてもらった古い資料をわざわざ書き出すことはせず、すべて頭の中で整理しているのだろう。

（さすがサルジュ様……）

それだけの情報を、書き出すことなく処理できるところはすごいと思うが、この方法ではアメリアは手伝うことはできない。

（どうしようかな？）

サルジュが気付かないようなら、そっと退出するべきだろうか。

そう思っていたところに、サルジュが顔を上げた。

「アメリア、おかえり」

そう言って、優しく微笑む。

顔色も悪くなさそうだ。

そんな彼の様子に安堵して、アメリアも笑顔で答えた。

「はい。ただいま戻りました」

導かれるまま、サルジュの隣の椅子に座る。

「資料をありがとう。わかりやすくまとめてくれて、助かった」

「いいえ。お役に立ててよかったです。あの、資料をまとめていて思ったのですが」

アメリアは、ベルツ帝国に魔導師がいなくなった理由について、思っていることを述べた。

「魔石と同じで、何らかの原因で、少しずつ魔力が減少していったのではないかと思いました。きっと攫われた王女殿下も、この国で暮らしていたときよりも、魔力が減少していたのではないかと思って」

いくら父親にまったく魔力がなかったとはいえ、その娘に魔力が引き継がれなかったのは、さすがにあり得ない。

その娘の子であるアロイスも、属性魔法を使えるほどの魔力はなかった。

「うん、そうかもしれないね」

アメリアの考えに、サルジュは同意するように深く頷いた。

「アレクシス様は、大丈夫でしょうか?」

そんなベルツ帝国に頻繁に行っている彼が心配になってそう尋ねると、サルジュは頷いた。

「ああ。アレク兄上は、何でもないようだ。魔法を使っても、特に違和感などなかったと言っている。それだけ兄上の魔力は高いのだろう」

「……すごいですね」

アメリアのような普通の貴族からしてみれば、サルジュやユリウスの魔力もかなり高い。それを遥(はる)かに上回るアレクシスは、どれほどの魔力を持っているのだろう。

「明日からアレク兄上はベルツ帝国に赴いて、カーロイド皇帝が回復するまで、滞在するようだ。アメリアの治癒魔法で、傷は問題なく回復しているだろうから、そう長くはかからないだろう」

「はい」

子どもが生まれたばかりだ。

アレクシスも本当は、まだソフィアに付き添っていたいだろう。けれどベルツ帝国を誰が掌握するかで、この大陸の運命が決まるかもしれない。

それを考えると、あの国に滞在しても何の影響もないアレクシスが最適なのだろう。

「他にも何か、気になることは?」

サルジュにそう尋ねられ、アメリアは少し考えを巡らせたあとに、口にした。

「あの国にはもう、魔力を持つ者は存在していないはずです。それなのに、何というか……。魔力を感じることがあって」

「魔力を？」

「はい。勘違いかもしれないのですが」

そう言うと、サルジュは考え込んでしまう。

「もしそうだとしたら……」

そう呟くと、机の上に置かれていた資料を広げ始めた。

何か思い当たることがあり、アメリアの言葉で、それが確信に変わったようだ。

真剣な顔で資料を読み込むサルジュの邪魔をしないように、アメリアは隣の席に移動して、自分が取り組んでいた課題に取り掛かる。

虫害を防ぐ『魔法水』は、ユリウスを始めとした研究所の面々に引き渡し、向こうで改良と生産増量のための方法を模索してもらっている。

今、アメリアが着手しているのは、成長促進魔法を付与した肥料だ。

カイドの妹のミィーナに協力してもらって、安定した成果が出せるように、実験を繰り返し、そのデータを記録している。

（あの頃、勉強した土魔法の知識が、ここで生かせるなんて思わなかった）

元婚約者のリースは土魔法の遣い手だったが、どんな魔法をどの土地にかけるのか、考えるのはいつもアメリアだった。

だから自分では使えない魔法を必死に勉強し、リースに頼んで魔法をかけてもらっていた。

その知識が今こうして、サルジュの役に立っている。そう思うと、あの日々も無駄ではなかったのかもしれない。

（あともうひとり、土魔法を使える人のデータが欲しい。その平均値を出してから、次の段階に進まないと）

マリーエに相談したところ、研究所からの依頼として、学園に話を通してくれた。

一年生には数人、土魔法の遣い手がいるらしい。彼女たちに協力してもらい、もっと詳細なデータを集めなくてはならない。

まだ国内で実験的に使用している試作品しかできていないが、ジャナキ王国では完成を待ち望んでいる。なるべく早く、一定の品質のものを大量に作れるように、生産体制を整えなくてはならないだろう。

「サルジュ様、そろそろ夕食の時間です」

一段落したところで、サルジュに声を掛ける。

最近は研究に熱中しすぎて、迎えに来てもらうことが多かったから、今日こそは呼ばれる前に行こうと決めていたのだ。

サルジュもかなり集中していた様子だったが、アメリアの言葉に素直に立ち上がる。

「わかった。行こうか」

ふたりでダイニングルームに向かうと、マリーエとユリウスが驚いて迎えてくれた。

「そろそろ呼びに行こうと思っていたのよ」

「いつもありがとうございます。なるべく気を付けなくてはと、思っているのですが」

忙しいのはアメリアとサルジュだけではない。

それぞれ役目があり、忙しく働いている。

それなのに何度も呼びに来てくれて、いつも申し訳なく思っていたのだ。

「まぁ、サルジュは昔から呼びに行かないと食事も忘れるから、いつものことだよ。むしろアメリアのおかげで、こうして来てくれるから、助かっている」

それなのに、ユリウスはそう言ってくれた。

「アメリアもサルジュも、大変な役目を背負わせてすまない。何か要望や手助けが必要だったら、何でも言ってほしい」

アレクシスも労わってくれた。

「ありがとうございます。土魔法を付与した肥料の方は、学園の生徒に協力してもらえることになりました。平均的なデータを取って、品質が一定になるように、調整したいと思います」

「わかった。ジャナキ王国では、試作品でもいいから早く送ってほしいようだが、さすがにそれはできないからね。引き続き、よろしく頼む」

「はい。精一杯努めます」

魔法は万能ではないし、思わぬ副作用が出てしまうときもある。だからこそ、他国に輸出するには慎重にならざるを得ない。

「サルジュの方はどうだ？」

アレクシスが声を掛けると、サルジュは顔を上げた。

「確かめたいことがある。できればもう一度、ベルツ帝国に行きたい」

彼の言葉に、アメリアも息を呑んだ。

たしかに魔法は強い力だし、サルジュの結界があれば、大丈夫なのかもしれない。

けれどあの国は、魔導師にとって危険な場所だ。

魔力の消費が激しくなって、いつ魔法が使えなくなるかわからないのだから。

ユリウスもエストもそう思ったらしく、複雑そうな視線がアレクシスに集まる。

「……さすがに今すぐは無理だな。カーロイドが無事に回復して異母弟の処罰を終え、あの国の情勢がもう少し落ち着いてからだ。もうすぐユリウスの結婚式もある。その後に、考えよう」

サルジュはやや不満そうだったが、アレクシスの言葉に逆らうことはなかった。

「俺は明日、ベルツ帝国に向かう。もし気になることがあるのなら、俺が様子を見てこよう」

そんな弟を宥めるように、アレクシスはそう言った。

「では後で、見てきてほしい場所のリストを渡します」

「わかった。サルジュも、あまり無理をしないように」

そんなアレクシスの言葉に、ソフィアは少し不安そうだった。

アレクシスなら大丈夫だと聞かされていても、ベルツ帝国では魔力を想定以上に消費してしまうと聞けば、やはり不安になるのだろう。

「エスト、ユリウス、留守を頼む。マリーエとアメリアは、できればソフィアを助けてやってほしい」

「承知しました」

「了解しました」

エスト、ユリウスが即答し、マリーエとアメリアも頷く。

「今回は、ユリウスとマリーエの結婚式もあるから、そう長く滞在するつもりはない。ソフィア、すまないがライナスを頼む」

ふたりの子どもは、ライナスと名付けられていた。

「はい。どうかお気をつけて」

不安そうだったソフィアも、アレクシスに声を掛けられると、王太子妃の顔になって頷いた。


こうして翌日の朝、アレクシスは移動魔法でベルツ帝国に向かった。

アメリアも、忙しくなった。

学園で土魔法を使う生徒たちに協力してもらい、肥料に成長促進魔法を付与してもらった。それからどれくらいの威力の魔法が肥料に込められているのかを、専用の魔導具ですぐに測定する。

(魔法を使う人によって、こんなに差があるのね……)

黙々とデータを書き記していたアメリアは、調整の難しさに思わずため息をつく。

あのままサルジュを基本にしていたら、大変なことになっていただろう。

魔法の質を多少落としても、一定品質のものを作ったほうが良いかもしれない。

学園でデータをまとめ、それを持ち帰ったアメリアは、サルジュのいる図書室に向かった。

アレクシスに視察を頼んだサルジュは、再びベルツ帝国の魔法の歴史を分析していた。

魔石を正常に使うことができるようにするには、やはりベルツ帝国での魔法の歴史を知る必要があるらしい。

「サルジュ様、少しよろしいでしょうか？」

アレクシスの視察の結果待ちということもあるのだろうが、いつもよりも余裕があるように感じたので、アメリアは声を掛けてみた。

「ああ、もちろん」

予想していたように、サルジュはすぐに頷いて、話を聞いてくれた。

「土魔法を付与した肥料のことですが」

そう言って、まとめたばかりのデータをサルジュに手渡す。

「どうしても、魔導師によって効果の差が出てしまうようです」

「……そうなのか」

サルジュはすぐにアメリアに渡されたデータに目を通し、難しい顔をする。

「ああ、そうだね。たしかに、結構差があるようだ。アメリアが調べてくれなかったら、気付かなかったかもしれない」

サルジュにとっては、簡単に使える魔法だ。

だから、これほど差が出るとは思わなかったのだろう。

優秀であるが故に気付かないこともある。アメリアは、それを補足するのが自分の役目だと思っていた。

「もう少し簡単な魔法に変えて、もう一度データを取ってみました。同じ成長促進魔法ですが、成長具合をかなり減少させています」

最初にサルジュが試作品として作った肥料は、作物の成長をかなり促進し、本来必要な期間を、大幅に縮めるものだった。

だが、サルジュと同じ威力で魔法を使えるものなど、ほとんどいない。

だからアメリアは、魔法をかなり弱めた状態で使ってもらい、そのデータをまとめていた。

「たしかに、ビーダイド王国で使うには不足です。それでもここより温暖なジャナキ王国で使用する分には、こちらで構わないのではないかと思います」

ジャナキ王国はビーダイド王国よりも南に位置していて、まだこの国ほど冷害に悩まされていない。だが夏の終わりになると雨が多く、川が氾濫したりして、農作物に大きな被害を与えていた。

その被害に遭う前に、収穫することができればと思ったことが、この肥料を作るきっかけになっていた。

「アメリアの言うように、夏の終わり頃に収穫することができれば、本来の目的は達成している。データも、ほぼ一定だね」

サルジュはアメリアが提出したデータを見比べて、深く頷いた。

「これくらいの魔法なら、学生でも問題なく付与できる。想定していたよりも早く、完成させることができそうだ」

サルジュは満足そうに言い、アメリアに笑顔を向ける。

「ありがとう。またアメリアには助けられた」

「い、いいえ。わたしは何も」

眩しいくらいの笑顔とまっすぐな称賛に、アメリアは恥ずかしくなって俯いた。

その言葉通り、アメリアはたいしたことはしていない。

いつだってサルジュの研究の成果を、平凡な人間の視点で見直しているだけだ。

称賛を受けるべきなのはサルジュであり、アメリアは助手にすぎない。

それなのにサルジュは、アメリアを讃えてくれる。

「そんなことはない。これが普及すれば、ジャナキ王国でも随分と助かるだろう」

もう少しデータを取って、誰が魔法を付与しても効果が一定になれば、王立魔法研究所に渡しても構わないだろう。

そうすれば魔法水と同じく、一気に流通するに違いない。

これでまたひとつ、冷害対策のための手段が完成した。

アメリアも、肩の荷が下りてほっと息をつく。

夏季休暇をベルツ帝国で過ごし、戻ってきてからは土魔法を付与した肥料を完成させるために夢中になっているうちに、もう夏は終わろうとしていた。

もうすぐ、実りの秋になる。

そうしたらまた、各地の穀物の収穫状況を調べるために忙しくなるだろうが、その前に大切なことがある。

ユリウスとマリーエの結婚式だ。

もう準備は完璧で、当日を待つばかりである。

そんな忙しい日々の合間に、マリーエはアメリアの実験の手助けをしてくれた。

大切な親友の晴れ舞台だ。

どうかその日は晴れてくれますようにと、アメリアは空を見上げて祈った。


結婚式の数日前には、アレクシスも無事に帰国した。

アメリアはサルジュと一緒にアレクシスのもとに赴き、帝国の様子を聞く。

カーロイドも完全に回復し、異母弟のソーセとその側近たちは、皇帝暗殺未遂を企んだことで、厳罰に処されたようだ。

ソーセには妻と子どもがいたが、妻子も身分をはく奪され、帝城から追放されたらしい。さらにソーセの側近たちもすべて、帝都から追放されていた。

アメリアが予想していたよりも随分厳しい処分だったが、ベルツ帝国を安定させるためにも、必要なことだったのだろう。

もうひとりの異母弟であるイギスは、今のところカーロイドを正式に皇帝としてみとめ、忠誠を誓っているらしい。

けれど単純なソーセとは違い、彼はなかなか策略家だそうだ。

帝都では、ソーセも彼に煽られて、あんなことをしてしまったのではないかと囁かれている。

アレクシスがそう教えてくれた。

「共犯の可能性もあるらしい。だがソーセとは違い、決定的な証拠をまったく残していなかったから、罰することはできない。むしろ疑いだけで処罰してしまうと、今度はカーロイドが批判されるだろう。難しいところだな」

だが、表面だけでもベルツ帝国は平穏を取り戻した。

雨を降らせる魔導具はまだ不具合のままだが、もともと試作品を借りてきたのだからと、カーロイドは周囲には説明しているらしい。

もうすぐ、完成した魔導具を手に入れることができる。

そう言って、不満を抑えているようだ。

水不足で苦しむ人々に、まったく魔導具の制作に関わっていない立場からそう言うのは、無責任かもしれない。

けれど、ベルツ帝国ではそれくらい緊迫した状態のようだ。

一部の町では、飲料水でさえ不足しているという。

そしてアメリアも感じたように、やはり気温も少しずつ上昇している。

早く何とかしたいと、カーロイドも焦っているのだ。

「支援として、食糧と水を送ることにした。こちらはサルジュのおかげで、少し余裕があるからな」

今年は品種改良をした穀物と魔法水が普及したので、以前と同じくらいの収穫量が期待できる。

だから備蓄していた分を、支援に回すことにしたようだ。

カーロイドが皇帝だからこそ、こうして他国からの支援を受け取ることができる。帝国の貴族たちも、それくらいわかってくるだろう。

「それから、サルジュに頼まれたことだが」

アレクシスはそう言って、サルジュを見た。

「各地を回って計測してみたが、やはり帝国の最南よりも、ほぼ中央に位置しているはずの帝都の方が、気温が高い。むしろ帝都から離れるほど、下がっているようだ」

各地の気温や砂漠化の様子を記したデータを受け取り、サルジュは素早く目を通している。

「それと帝都周辺に、魔導師がいた頃の建物が、複数あった」

建物はかなり老朽化している。

それでも取り壊せないのは、魔法によって施錠されているからのようだと、説明してくれた。

「どんなに外見が朽ち果てても、魔法の施錠を解除して内部に入らないと、建物を取り壊すこともできない造りになっているようだ」

「その建物の場所はどこですか？」

サルジュに問われ、アレクシスはベルツ帝国の帝都の地図を広げると、そこに複数の印をつけた。

「これで全部だ」

その地図と、各地の気温が記されたデータを見比べて、サルジュは静かに考え込んでいる。

そのうちにエストとユリウスもアレクシスのもとを訪れて、話はユリウスとマリーエの結婚式のことになった。

当時の警備や披露宴の内容など、事細やかに確認している。

アメリアも、当時はサルジュの婚約者として出席しなければならない。サルジュの分もしっかりと話を聞いておこうと、その話に加わった。

そのまま夕食と、その後の団らんを終え、アメリアはサルジュと一緒に図書室に移動した。

ふたりが夕食後にそれぞれの部屋に戻ることは、ほとんどない。

サルジュはまだ考え込んでいるようで、アメリアは足を止めて、彼に問いかける。

「サルジュ様。わたしがベルツ帝国で感じた魔力のことですが」

「……うん」

邪魔をしてしまうかもしれないと思ったが、サルジュは顔を上げて、アメリアを見つめる。

「それは帝城ではなく、帝都の方で強く感じました。もしかしたらあの、帝都に残されている昔の建物と関連があるのでしょうか？」

「おそらく、そうだと思う」

サルジュはアメリアの言葉に同意して、図書室の机に先ほどの地図を広げた。

「アレク兄上のデータと見比べても、帝都を中心に気温が上昇している。この建物を調べる必要がありそうだ」

そう言ったサルジュだったが、すぐに地図を閉じる。

「その前に、ユリウス兄上の結婚式があるからね。ふたりには色々と世話になっているから、結婚祝いとして、贈りたいものがある。アメリア、手伝ってくれないか？」

「はい、もちろんです」

アメリアは笑顔で頷いた。

サルジュが言うように、ユリウスとマリーエは、研究に熱中しがちなサルジュとアメリアをいつも気に掛けてくれる。

そんなふたりの結婚式なのだ。

色々と大変な状況ではあるが、アメリアも心から祝いたいと思う。

ユリウスもマリーエも、情勢を考えれば結婚式を延期するべきかと悩んだようだが、むしろビーダイド王国だけなら、とても平和である。

農作物も問題なく実り、確実に収穫量が増えている。

他国に支援する余裕もあるくらいだ。

結婚式は、予定通り行われるべきだろう。

「どんな贈り物ですか？」

「揃いの腕輪の形をした魔導具だ。一時的だが、結界が張れるようになっている」

サルジュは、試作品らしい魔導具をひとつ取り出すと、アメリアに手渡した。

それを受け取り、腕に嵌めて少し魔力を流してみる。

「これは……」

ふわりと体に沿って広がる結界。

これが発動すれば、誰も危害を加えることはできないだろう。

ユリウスは外交も担っていて国外に出ることも多いが、これを装着していれば、帰りを待つマリーエも安心するに違いない。

「試作品は以前から作っていたが、これを結婚祝いに贈りたいと急に思いついた。あまり時間はないけれど、アメリアに手伝ってもらえば、きっと完成する」

「はい。頑張りましょう」

サルジュがこんなふうに思いつきで行動することは珍しいが、それほどふたりのために何かしたいと思ったのだろう。

ならばアメリアも、全力で支援するだけだ。

それから暇を見つけては調整を繰り返し、何とか結婚式の数日前には魔導具を完成させることができた。

装飾にもこだわった美しい腕輪は、一見魔導具には見えず、結婚祝いとしては最適だろう。

「完成しましたね」

やり遂げた満足感で、思わずアメリアの声も明るくなる。

「ああ、そうだな。アメリアのおかげだ」

サルジュもそう言ってくれた。

結界魔法は大きい魔法なので、付与する魔石の選別が大変だった。何度も実験を繰り返し、最適な宝石を探し出す必要がある。

雨を降らせる魔導具のために、色々な宝石を魔石に使えるようにデータを取っていたのが、ここで役立った。


そうして結婚式の前夜には、マリーエの実家にいつものメンバーが集まり、お泊まり会をした。

マリーエとアメリア。

リリアーネにミィーナ。

そして、クロエである。

今回はソフィアも一緒だ。

乳母もいるし、アレクシスが息子のライナスに付き添ってくれているらしい。

弟が三人もいたからか、アレクシスは子どもの扱いがとてもうまく、ソフィアも安心して託してきたようだ。

人数が増えたので、応接間でお茶会をしてから、マリーエの部屋に向かう。

「噂には聞いていたけれど、本当に大きいわね」

ソフィアは、マリーエの部屋に設置された大きなベッドを見て、感嘆の声を上げる。

「はい。特注で作ってもらいました」

マリーエは得意そうに、ベッドをソフィアに紹介している。

「わたくしは昔から、友人がほとんどいませんでした。でもずっと、友人同士のお泊まり会に憧れていて」

マリーエは自分の部屋を見渡して、感慨深そうに言う。

「みんな、わたくしの夢を叶えてくださって、本当にありがとう。今までとても楽しかったわ」

「あら、こんなに大きな特注のベッドまで作ったのに、これで最後なの？」

そんなことを言うソフィアに、マリーエは戸惑っている。

「ですが、わたくしは王城に住むことになりましたから」

「王城にも、空いている部屋はたくさんあるわ。客間のひとつを借りて、このベッドをそこに運べば、いつでもお泊まり会ができるでしょう？」

優しく言い聞かせるような言葉にマリーエは顔を輝かせた。

「みんなも、これからもお泊まり会に参加してくれる？」

「ええ、もちろん」

アメリアは真っ先にそう答えた。

「友人がいなかったのは、わたしも一緒よ。でもここに集まった人たちは、本当に大切な友人だと思っている。だから、これからもお泊まり会をしたいわ」

「ええ、是非」

「もちろん、わたしでよかったら喜んで」

リリアーネとミィーナも笑顔でそう答え、クロエももちろんだと頷いてくれた。

「他国から来た私を、皆さん温かく迎えてくれました。これからもよろしくお願いします」

たとえ全員が結婚しても、王城ならば集まりやすいだろう。

今日は全員でこの特注のベッドで寝て、それから王城に移動してもらうことになった。

「マリーエ、結婚おめでとう」

アメリアは、あらためてそう言う。

「まだ一日早いわよ。でも、ありがとう」

しあわせそうなマリーエの姿が、少しうらやましい。

「アメリアは来年の春ね。春なんて、もうすぐだわ」

そんな感情が伝わったのか、マリーエは宥めるようにそう言ってくれた。

「その前に、エストとクロエさんの婚約披露があるわね」

ソフィアの言葉に、クロエは畏まって頷く。

「はい。あんなことがあったのに、私を受け入れてくださったことには感謝しております」

「クロエ様のせいではないわ」

アメリアが咄嗟にそう言うと、他の人たちも同意してくれた。

「リリアーネとカイドの結婚式は、来年の夏ごろだったかしら」

「はい、そうですね。少し遅くなってしまいましたが、私たちは仕事が優先ですから」

アメリアの護衛騎士であるリリアーネと、サルジュの護衛騎士のカイドは、アレクシスとソフィアと同い年だ。

ふたりがこの任務に就かなければ、三年前には結婚していたと聞くと、やはり少し申し訳ないよ

うな気持ちになる。

「アメリア様。私は騎士に復帰することができて、嬉しかったのですよ？」

そんなアメリアの心を見透かしたように、リリアーネは優しく言う。

「カイドは反対しませんでしたが、父はもともと私が騎士になることに反対しておりまして。結婚を機に、騎士団を辞めさせられました。でもアレクシス様とソフィア様からご指名をいただき、こうして復帰できましたから」

騎士に復帰できて、互いの主の結婚を見届けたあとに、長年の婚約者と結婚できる。それはリリアーネにとって、最高の道だったと笑顔で語ってくれた。

彼女をよく知る親友のソフィアも頷いてくれたので、彼女の本心なのだろう。

「もう数年もしたら、子ども連れのお泊まり会になるかもしれないわね。順番で言えば、次はマリーエが母親になるのかしら」

ソフィアの言葉に、マリーエは柔らかく笑う。

「わたくしは、何となくアメリアのような気がします」

「そうですね。私もそう思います」

マリーエの言葉にリリアーネが同意して、アメリアは真っ赤になる。

「そ、そんな……」

「きっと、ものすごく可愛い女の子で」

「魔力も強そうですが、頭も良さそうですね」

ミィーナとクロエまで同意したものだから、アメリアは狼狽えて、枕に頭を埋めた。

（ああ、でも……）

結婚してからも、サルジュは植物学や魔法の研究で忙しいだろうが、アメリアや子どもを粗末にすることはないだろう。

むしろ、深く愛情を注いでくれる。

そんな人だ。

王都に来たばかりの三年前は、未来に対する不安しかなかった。

でも今は、どんな状況になろうと、隣にはサルジュがいてくれるだろうし、きっとしあわせになれるのだろうと信じている。

そっと枕から顔を上げて見渡すと、皆、アメリアと同じような顔をしていた。

自分たちの将来に思いを馳せ、きっとそれがしあわせなものだろうと確信している。

このお泊まり会は、これから何年も続いていくだろう。

きっとそのときも、しあわせそうに笑っているに違いない。

# 第四章　光と闇

ユリウスとマリーエの結婚式は盛大に行われ、各国からも祝いの言葉が届いた。

しあわせそうな姿に、ふたりを出会いから見ていたアメリアも、思わず涙を流す。

そんなアメリアを、サルジュは黙って抱き寄せてくれた。

サルジュとアメリアが結婚祝いとして贈った魔導具も、とても喜んでもらえたようだ。

特にマリーエは、国外に出ることの多いユリウスをいつも心配していたらしく、これで少し安心できると、涙ながらに感謝を伝えてくれた。

ふたりの結婚式が無事に終わると、次はアメリアの番だ。

今回の主役のふたりからも周囲からもそう言われて、とうとうサルジュと結ばれるのだという実感が湧く。

サルジュの母である王妃とソフィアの関心はアメリアに移り、最近は放課後になると、ふたりに呼ばれることが多くなった。

「頻繁に呼び出してごめんなさいね。でも、今のうちに決めてしまいたいことが多くて」

ソフィアと王妃はそう言って、ドレスのデザイン図をアメリアの目の前に広げた。

アメリアも今まで忙しく、結婚式を心待ちにしながらも、まだドレスさえ決めていなかったのだ。

たしかにもうすぐ農作物の収穫期で、データを集めることに忙しくなることを考えると、今のうちにしっかり準備する必要があるのかもしれない。

「あの子は、もしかしたら結婚はしないかもしれないと思っていたのよ」

ウェディングドレスのデザイン図を眺めながら、王妃はそう言ってため息をついた。

「昔からひとりでいることを好む子で、あまり周囲と関わろうとしなかったから。その研究が評価されるようになってからは、この国のために植物の研究優先になってしまって。このままずっとひとりで生きていくのではないかと心配していたの」

たしかに出会ったばかりの頃のサルジュは、傍にいる護衛さえも煩わしいようで、よく彼らを置き去りにしてひとりで行動していた。

あの当時に比べると、サルジュも随分変わったと思う。

護衛騎士であるカイドを置き去りにするようなことはないし、アメリアの忠告も、嫌な顔をすることなく聞き入れてくれる。

アメリアだけではなく、兄たちの言葉も、よほど研究に集中していなければ言うことを聞くようだ。

それを、王妃はアメリアのおかげだと感謝してくれた。

「……そんな。わたしは、何も」

「いいえ。人と関わることの大切さを、あの子に教えてくれたのは間違いなくあなただわ」

「わたしも、サルジュ様に救われました」

王妃の言葉を嬉しく思うと同時に、自分もサルジュによって救われたことを伝えたくて、アメリアは語る。

「あのとき、サルジュ様が手を差し伸べてくださらなかったら、きっとわたしは、もう誰も信じられなくなっていたかもしれません。こうして今、信頼できる人たちと一緒に、しあわせに暮らすことができるのは、すべてサルジュ様のおかげです」

そう言うと、王妃はサルジュによく似た美貌で、嬉しそうに笑う。

「素敵ね。出会ったことで互いの人生が素晴らしいものになったのなら、こうしてふたりが結ばれるのは、運命だったのよ」

運命の恋。

アメリアも少女だった頃、憧れていた。

婚約者のリースがそうだったらいいなと、夢見たこともある。

けれど、もうすぐ結婚する婚約者のサルジュが、アメリアの運命だったのだ。

そう思うと、幸福感が胸に満ちる。

「はい。わたしもそう思います」

アメリアは、笑顔でそう言った。


こうして忙しいながらも、ソフィアと王妃の協力もあり、結婚式の準備は着々と進んだ。

先に王家の一員となったマリーエも、アメリアをサポートしてくれる。

ソフィアによる勉強会も再開され、マリーエと一緒に王家について学んだ。

ライナスも順調に育っているようで、ソフィアもとてもしあわせそうだ。

乳母もいるが、母親が子どもを抱かないなんてことはあり得ないと、ソフィアも率先して世話をしているようだ。

アメリアもマリーエも、ライナスを抱いてあやしたりしている。

魔力を調整する腕輪があるので機嫌が良くて、すやすやとよく眠っていることが多い。

「アレクシスが子どもの頃、この腕輪があったら良かったのに」

そう言う王妃の言葉は、少し切なそうだった。

アレクシスを隔離しなければならない国王と王妃も、つらい日々を送っていたのかもしれない。

「でも、これからはどんなに魔力が高い子どもが生まれても大丈夫ね。次はユリウスかしら。それともサルジュかしら」

王妃は、ユリウスの母である側妃ともそう言いながら、楽しそうに過ごしているらしい。

アレクシスの子どもだけではなく、これから生まれる子どもたちのためにも、あの魔導具を作れてよかったと思う。

サルジュはずっと、ベルツ帝国の問題にかかりきりで、アメリアと別行動することも増えていた。

それでも夕食後には必ずふたりで、寝るまでの時間を図書室で過ごす。

この日も図書室で、それぞれの仕事に着手していたが、ふいにサルジュがアメリアに声を掛けた。

「やっと父上の許可が下りたので、近いうちにもう一度、ベルツ帝国に行こうと思う」

「え?」

驚いて、思わず聞き返す。

そう言えばユリウスとマリーエの結婚式の前に、サルジュがアレクシスにそうしたいと言っていた。

それを思い出す。

ベルツ帝国の事情を忘れていたわけではないが、このところあまりにも忙しくて、日々の用事をこなすのが精いっぱいになっていた。

またユリウスと一緒に行くのかと思ったが、たしかユリウスは今、ソリナ王国に赴いており、アレクシスとサルジュが一緒にベルツ帝国に向かうことはないだろう。

「ユリウス様が、戻られてからですか?」

「いや、帝都にある古い建物の内部を調べるだけだから、カイドだけを連れて行くつもりだ。二、三日で戻るよ」

「……そうですか」

一緒に行きたいと思うが、まだ学生のアメリアは学業優先であり、そろそろビーダイド王国の各地でグリーの収穫が始まる。さまざまな領地から集まってくるデータを、素早く集計しなければならない。

サルジュもそれがわかっているからか、今回はアメリアを連れて行くとは言わなかった。

「どうかお気を付けて」

不安を押し隠してそう言うと、サルジュは笑って頷く。

「カイドがいるから大丈夫だ。アメリアも準備で忙しいかもしれないが、あまり無理はしないように」

優しくそう言われて、こくりと頷く。

（でも二、三日とはいえ、サルジュ様と離れてしまうなんて）

初めての公務のときも、役目は違っていたが一緒だった。

ベルツ帝国に赴いたときも、一緒に連れて行ってくれた。

でも今回は、本当に離れてしまう。

少し不安になる。

だが皇帝カーロイドは回復して、犯人も捕らえられ、関係者もすべて罰せられた。

カイドも傍にいてくれる。

だから大丈夫だと、自分に言い聞かせる。

「期限までには、必ず戻るよ」

「約束ですよ」

「ああ、もちろん」

そう言って翌々日には、カイドだけを連れて、サルジュはベルツ帝国に向かった。

「アメリア、大丈夫よ」

心配で、思わず何度も手を止めてしまうアメリアを、マリーエが慰めてくれる。

マリーエもソフィアも、何度もこうして、ただ待つことしかできない日々を過ごしてきたのだろう。

王族の妻となるからには、こんな日にも慣れなくてはならない。

それがわかっていても落ち着かない様子のアメリアを、リリアーネが慰めてくれる。

「カイドがお傍におりますから、大丈夫です。カイドはとても強いんですよ」

「そうね。うん、ありがとう」

たしかにカイドは信頼できる騎士だ。

アメリアはここで、自分にできることをやるしかない。

レニア領地でもグリーの収穫が始まり、父から収穫量を記載した手紙が届いている。

（お父様が、こんなに詳しいデータを作ってくれるようになったなんて）

以前の父は、アメリアが集めたデータに何の興味も示さなかった。

でもアメリアがサルジュと婚約し、レニア領の一部がこの国の農業の試験場のようになってから、現地にいないアメリアの代わりに、事細やかにデータを送ってくれる。

領地の仕事にも、以前よりも積極的に取り組んでいた。

国の役に立っていることと、レニア領のデータが必要とされていることが嬉しいようだ。

ずっと抱えていた、土魔法に対する劣等感から解放されたことも大きいのかもしれない。

領地にいる父から今年の農作物に関するデータが届き、さらに各農地に依頼したデータも次々に届き始めていた。そうなるとアメリアも忙しくなって、思い悩むこともなくなっていた。

それに、サルジュは二、三日で戻ると言っていた。

そうなったら、今度はベルツ帝国から持ち帰ったデータの整理で忙しくなるだろうから、今のうちに、できる仕事はしておいた方がいい。


けれど、それから三日が経過しても、サルジュは戻らなかった。

向こうでの調査が長引いているのかもしれない。

熱中するサルジュを、カイドだけでは止められなかったのかもしれない。

そう思ったが、やはり不安は増す。

(だってサルジュ様は、必ず期限までには戻ると約束してくださったもの)

今日こそは帰っているかもしれない。

そう思って、学園が終わってすぐに王城に戻ったが、まだサルジュは帰っていなかった。

ユリウスは明日、帰国するそうだから、帰ったらサルジュが戻らないことに関して、相談してみようと思っていた。

だがそれよりも先に、アメリアはアレクシスに呼び出された。

アレクシスは、成長促進魔法を付与した肥料の交渉のために、ジャナキ王国に向かっていたはずだ。

まだ帰国予定ではないはずのアレクシスが、急に戻ってきたことに不安を覚えながらも、アメリアは彼のもとに急ぐ。

アレクシスは、慌ただしい様子で側近たちに指示を飛ばしていた。

緊迫した様子に、思わず息を呑む。

「ああ、アメリアか」

入り口に立ち尽くすアメリアに、アレクシスはすぐに気付いてくれた。

「サルジュがまだ戻らないと聞いて、ベルツ帝国に行ってきた」

促されて、落ち着かない気分のままソファに座ると、アレクシスがそう告げる。

移動魔法で簡単に行くことができるアレクシスは、すでに向こうの様子を見てきたようだ。

嫌な予感がして、アメリアは両手を握りしめる。

何か良くないことがあったのだろうか。

「サルジュが、帝都にある古い建物のひとつに入ったまま、まだ戻っていないらしい」

アレクシスはそう言った。

「……っ」

予想していたとはいえ、強く握りしめた手が震える。

「カーロイドも、戻らないサルジュを心配していたようだが、ベルツ帝国からこの国に連絡する手段がなかったようだ。今後は何か、手段を確保しなくてはならないな」

サルジュは魔法で施錠されていた扉を解除して中に入ったものの、扉はまた自動的に閉ざされてしまった。

魔導師のいないベルツ帝国では、中の様子を窺（うかが）うこともできなかったようだ。

「サルジュのことだから、研究に熱中しているのかもしれない。だが、もう中に入ってから三日も経過している。カイドが一緒にいるのだから、一度引き上げるように言うはずだ」

「そう、ですね」

アメリアと出会う前のサルジュは、一日くらいなら、食事もとらずに研究に集中していることもあったようだ。

でもさすがに、三日間まったく音沙汰がないのは心配だった。

「サルジュ様は、二、三日で帰ると約束してくださいました。それを忘れてしまうなんて思えません」

無謀なことはしないと、約束してくれた。

必ず戻ると約束してくれたのだ。

「ああ、俺もそう思う。だからすぐにその建物に向かったが、扉を開くことができなかった。どうやら、ただ魔力を流せばいいというわけではないらしい。ベルツ帝国でも調べてくれたが、わからなかったようだ」

そこでアレクシスは、アメリアが何か知らないかと思い、呼び出したようだ。

「……」

アメリアは必死に考えを巡らせた。

ベルツ帝国にあった、昔の魔導師に関する資料には、アメリアも目を通していた。

思い出してみても、建物に関する記述はなかったように思う。

サルジュもベルツ帝国に残された古い建物の話はしていたが、魔力で解除できるはずだと言っていた。

ならばサルジュは、その場で扉を解除する方法を見つけたのではないか。

（古い建物……）

アメリアは、ベルツ帝国の帝城を思い出す。

砂岩に刻まれた細かな装飾。

あれは、何となく魔法陣のようにも見えると思っていた。

帝城もかなり古い歴史を持つらしいから、もしかしたらその建物にも、同じような装飾が施されているのかもしれない。

「アレクシス様。わたしをベルツ帝国に連れて行ってください。その建物に、施錠魔法を解除するヒントが記されているかもしれません」

「建物に？」

「はい。以前ベルツ帝国に行ったとき、帝城の城壁の紋様が魔法陣のように見えると思ったことがありました」

「そうか、わかった」

アメリアの言葉を受けて、ベルツ帝国から帰ってきたばかりだったが、アレクシスはすぐに行動してくれた。

ユリウスが帰国するのは明日なので、エストに事情を話し、アメリアを連れてベルツ帝国に向かうと告げる。

「わかりました。ユリウスが帰国しても、待機でいいのですか？」

「ああ、頼む。もし手を貸してほしいと思ったら、連絡する」

事情を聞いたエストはさすがに心配そうだったが、アレクシスが不在の間に留守を預かり、戻ってきたユリウスとともにここで待機すると約束していた。

「アメリア、すぐに向かっても大丈夫か?」

「はい。かまいません」

アメリアは即座に頷いた。

制服のままで、資料も図書室に置いたままだが、サルジュの身が心配で、一刻も早くベルツ帝国に向かいたかった。

「わかった。では移動する」

アレクシスの傍に寄ると、すぐに移動魔法が発動して、ベルツ帝国に到着した。

(速い……)

彼の魔力が高いことは知っていたが、魔法の速度が桁違いだ。

移動したことも気が付かないほどの速度で、気が付けばもうベルツ帝国に到着していた。

しかも移動した先は、アメリアたちが最初に来たときのような建物の中ではなく、ベルツ帝国の帝城の前である。

魔法陣の助けがなくとも、ここまで直接移動することができるのだ。

「一応、カーロイドに許可を取ってから、すぐに移動しよう。できれば暗くなる前に、建物の周辺を調べたい」

「はい、わかりました」

ベルツ帝国は、日が落ちるのがビーダイド王国よりもずっと遅い。建物をくまなく調べるには時間がかかるだろう。

魔法で明かりを灯すこともできるが、魔法のないこの国では目立ちすぎる。

でも明日の朝まで待つには、サルジュのことが心配だった。

アレクシスは慣れた様子で警備兵に声を掛け、帝城の中を進んでいく。

それはビーダイド王国の王太子としてではなく、親しい友人を訪ねてきたような態度だった。だからこそベルツ帝国側でもそれほど警戒せずに、アレクシスを皇帝のもとに案内している。

「カーロイド。アメリアを連れてきた。サルジュの婚約者だ。古代魔法については、俺よりも詳しい。すぐに調査に向かおうと思う」

部屋に入るなりそう言ったアレクシスに、カーロイドも慣れた様子で頷いた。

「わかった。だが、充分に気を付けてほしい。あの建物に何が隠されているのか、私もまったく知らない。ただ古いだけで、危険はないと思っていたのだが……」

カーロイドの態度も、アメリアたちと接していたときとはまったく違う。

対等に話す彼らの間には、友情めいた繋(つな)がりがあるのかもしれない。

互いの立場的にも、親しい友人のような関係にはなれないだろうが、カーロイドの孤独を垣間見てしまったアメリアは、彼が気安く言葉を交わす相手がいてよかったと思う。

アメリアを紹介されたカーロイドは、穏やかな顔で頷いた。

「彼女のことなら知っている。襲撃された私を魔法で癒やしてくれた。あのときのことには、心から感謝している」

そう告げたカーロイドの瞳は落ち着いていて、アメリアもほっとする。

親しい者からの裏切りも、彼を変えてしまうことはなかったようだ。

「命の恩人であるあなたの大切な人を、危険な場所に向かわせてしまった。本当に申し訳ない」

カーロイドはそう謝罪してくれたが、魔力のない人間ではどうすることもできなかっただろう。

アレクシスも、少し表情を改める。

「サルジュは俺よりもずっと慎重で、無謀なことはしないはずだ。それがこんな事態になっているくらいだ。何か予測不可能なことが起こったのだろう。すまないが、すぐに移動する。建物を調べてもいいだろうか」

「ああ。もともとあの一帯の建物は老朽化がひどく、できるならば解体しようと思っていたくらいだ。帝都の民に被害が及ばないのであれば、建物自体は好きにしてかまわない」

「わかった。感謝する。誰ひとり傷つけたりはしないと約束する」

アレクシスはそう答えると、視線をアメリアに向ける。

アメリアは無言で頷いてみせた。

すると、一瞬で景色が変わる。

今度は、距離が近いせいか魔法を使った気配さえ感じなかった。

目の前には、今にも朽ち果てそうな大きな建物があった。

アメリアが以前、この国で感じた魔力と同じものを、この建物から感じる。

（もしかして、あの魔力はこの建物から？）

アメリアはあらためて、目の前の建物を見つめた。

魔法のせいか、原形はまだ保っているが、風化して崩れ落ちそうな箇所もある。

そして予想していたように、建物の外壁には砂岩が使われ、細かな装飾が施されていた。

だが帝城よりもさらに古いようで、外壁が崩れている箇所もあり、もし古代魔語や魔法陣が組み込まれていたとしても、読み取ることは難しそうだ。

今度は正面に回って扉を観察してみる。

アレクシスが試しに扉を動かそうとしてみたが、建物自体は風化しているというのに、びくともしない。

「魔法で攻撃しても、弾かれてしまう」

もう試したらしく、アレクシスはそう言った。

「この魔法は……」

扉をよく観察してみると、これはかなり昔に使われていた施錠魔法のようだ。

王城の図書室に置かれていた、古代魔語に関する本の中に書かれていたことを思い出しながら、アメリアはアレクシスに説明した。

「この扉に掛けられているのは、百数十年前に使われていた魔法です。魔法を掛けるにも解除するにも厳しい条件がいくつかあります。あまりにも手間が掛かることで新しい魔法が開発され、この方法は使われなくなったと聞きました」

この建物が建てられた当初は、これが一般的な魔法だったのだろうか。

「今の施錠魔法は魔力判定が主で、その設定も容易ですから」

「ああ、そうだな」

魔法を使った本人だけ。

本人が指定した者だけ。

もしくは、魔力を流せば誰でも解除できるなど、色々な種類がある。

サルジュがよく使う結界も、この魔法の応用だと聞いたことがあった。

「ですが、この扉に使われている施錠魔法はとても古くて、解除にはかなり面倒な手順が必要となります」

アメリアはアレクシスにそう説明しながら、扉を観察する。

「その手順とは？」

「パスワードが必要となります。そして、そのパスワードは、施錠した建物の外壁に隠さなくてはならないんです」

パスワードを建物に組み込むことによって、施錠魔法は完成する。

けれどそれでは、誰でも解除できることになってしまう。

だからパスワードは、このような紋様に紛れて隠されていることが多い。

大抵、パスワードに使われているのは古代魔語で、文字数は五文字だったはずだ。

それをよく観察しようとして近づいたアメリアだったが、急激に魔力を奪われる感じがして、びくりと体を震わせる。

急いでその場を離れようとしたが、急に眩暈がして、思わず目を固く閉じる。

「危ない！」

ふらついたアメリアを、アレクシスが支えてくれた。

「大丈夫か？」

「す、すみません。なぜか魔力が吸い取られたような感覚があって……」

そう説明して、アレクシスは警戒したように建物を見つめる。

「この建物が原因か？」

「そうだと思います……」

アレクシスは、青ざめたアメリアを建物から遠ざけてくれた。

「サルジュが言っていた、魔石が消費してしまう現象と似ているな。この国では魔法を使っても、いつも以上に魔力を消費すると聞いたが」

「はい。ユリウス様もそうおっしゃっていました」

サルジュだけではなく、ユリウスもそれを確認していた。

そう伝えると、アレクシスの顔が険しくなる。

「中でもそうだとしたら、サルジュとカイドが心配だ。だがあの建物に近づくと、今度はアメリアが危険になる。どうするべきか。一旦……」

「わたしなら、大丈夫です」

言葉を遮るようにそう言ったが、アレクシスは聞き入れてくれなかった。

「大切な義妹を危険に晒す気はないよ。アメリア、今いる場所なら大丈夫か？」

魔力を奪われるような感覚はないかと聞かれて、こくりと頷く。

「はい……。ここなら大丈夫です」

そう答えると、アレクシスはアメリアをその場に残し、建物に近寄っていく。

アメリアは、その後ろ姿を見送るしかなかった。

サルジュが危険かもしれないのだ。

自分のことなど顧みずに、今すぐに建物を調査したい。

でもそれは、アレクシスが許してくれないだろう。

もどかしさを抱えたままのアメリアの足元の地面に、ふいに小さな映像が映し出された。

手のひらで覆い隠せてしまうほどの小さなものだ。

「え？」

驚いて、もっとよく見ようとしゃがみこむ。

先ほど見た、建物の外壁が映っていた。

魔法陣のような細かな装飾が施された砂岩が、はっきりと見える。

「俺が見ているものを、アメリアの目の前に映し出している。ただ、目立つのであまり大きな映像にはできないが」

アレクシスの声が聞こえた。

まるですぐ近くにいるような声に、思わず周囲を見渡してしまう。

だが声は、この映像の中から聞こえているようだ。

過去ではなく、アレクシスが今見ているものを、ここに再現してくれているのだろうか。

「これなら大丈夫だろう。アメリアの声もこちらに聞こえるから、もし見たい場所があれば指示してくれ」

「はい。ありがとうございます」

アレクシスの魔法のおかげで、建物に近寄ることなく、じっくりと観察することができる。

まさかこんな方法があるとは思わなかった。

調査を続けられることに安堵して、引き続き建物の分析に集中することにした。

ここに、扉を解除する魔法が隠されているかもしれない。

アメリアは、何度かアレクシスに建物の周辺を回ってもらう。

ほとんどはただの装飾だが、巧妙に古代魔語が隠されている。

これが、扉を解除するために必要な魔法かもしれない。

「先ほどの箇所を、もう一度お願いします。右側です」

だが建物の外壁は崩れている箇所も多く、断片的にしか残っていない箇所もあり、なかなか難しい。

それでも残された文字から、予想するしかない。

アメリアの指示通りに、アレクシスは何度も建物の周辺を回ってくれた。

そうしているうちに、離れたこの場所でも魔力が消費されていくような、嫌な感じがした。

しかも、すでに周囲は暗くなってきたというのに、気温まで上昇してきたような気がする。

（もしかしたら、魔石が異常に消費してしまうのも、帝都を中心に気温が高くなっているのも、この建物が原因なの？）

暑さと魔力の消費で眩暈がするが、この恐ろしい建物の中にはサルジュがいる。

そう思うと、どんなに気分が悪くなっても、解析をやめる気にはなれなかった。

「アメリア、大丈夫か？」

アレクシスがそんなアメリアの様子に気が付いて、慌てた様子で駆けつけてくれた。

「これ以上は危険だ。離れた場所で少し休んだ方がいい」

「でも、この中にサルジュ様がいるんです。どうか、やらせてください」

必死に懇願したが、アレクシスは首を振る。

「駄目だ。アメリアに何かあったらサルジュが一番悲しむ。それに、アメリアでなければこれを解析することはできないだろう。もう少し離れても、問題なく映像を送ることができる。そこから指示してくれ」

「……はい」

頷きたくなかったが、今は扉を解除する魔法を探し出さなくてはならない。

建物からもう少し離れ、その場でアレクシスが送ってくれる映像を見つめながら、必死に解除方法を探した。

そして周囲が暗闇に満たされる頃には、ようやく建物に隠された古代魔語を探し出すことができた。

（装飾の中に古代魔語が五つ、隠されていた。これを組み合わせれば、扉を開くことができるはず。早く何とかしないと）

アメリアは何度も組み合わせて呪文を作り、試してみる。

だが、魔法を試すにも魔力を消費する。

何度か繰り返すうちに、指先が冷えるような感覚に襲われた。

魔力を消費しすぎたのかもしれない。

まだ大丈夫だと思っていたが、今までに数回、魔力を吸い取られたような感覚があったから、そこでかなり消費してしまったのだろう。

「アメリア、俺がやろう」

それに気が付いたアレクシスが、アメリアの代わりに呪文を唱えてくれる。

サルジュが言っていたようにアレクシスの魔力は膨大で、何度間違えても、つらそうな表情すらしない。

何度か試しているうちに、ようやく正しい組み合わせを見つけることができた。

アレクシスの指示で、アメリアは少し離れた場所から見ていたが、解除のための魔法は問題なく発動したらしい。

扉が開かれた気配を感じ取り、アメリアは建物に向かって走り出す。

「アメリア？」

アレクシスの制止も間に合わず、アメリアはサルジュの姿を求めて建物の内部に入り込んだ。

「……こんなに暗いなんて」

だがあまりの暗さに、さらに奥に駆けだそうとしていたアメリアの足が止まった。

日が落ちかけていたとはいえ、周囲はこれほど暗くはなかったはずだ。

足元さえ見えない暗さに、アメリアは息を呑む。

（どうしよう……）

建物の中に入ったばかりなのに、もう方角さえわからなくなっていく。

「サルジュ様」

震えそうになる両手を握りしめて、その名を呼ぶ。

間違いなく、彼はこの建物の中にいるはずだ。

もし意識があるのなら、きっと答えてくれる。

そう思いながら、祈るような気持ちで何度も必死にその名を呼ぶ。

「サルジュ様！」

何度、その名を呼んだだろう。

ふと遠くに青白い光が見えた。

「アメリア？」

その先からずっと聞きたいと願っていた声が聞こえてきて、アメリアは暗闇を怖がっていたことさえ忘れて、その光の方向に走り出した。

「サルジュ様！」

廊下がこんなに長いなんてあり得ない。

きっと周囲が暗闇に満ちているせいで、余計に長く感じたのかもしれない。

青い光はだんだん大きくなって、やがて周囲をくっきりと映し出した。

建物の外壁と同じように、細かい装飾が施された壁で囲まれた長い廊下があった。

けれどかなり劣化していて、はがれた壁の一部が床に転がっている。

アメリアは何度も足を取られそうになりながら、必死に走った。

「サルジュ様！」

「アメリア」

必死に手を伸ばすと、しっかりと手を握られた。

すっかり馴染(なじ)んだこの感触は、間違いなくサルジュだ。

「サルジュ様、よかった……」

最悪の事態も頭をよぎっただけに、無事な姿に心から安堵する。

サルジュの方は、アメリアがどうしてここにいるかわからない様子で、彼には珍しく戸惑っているようだ。

「どうしてアメリアが、ここに？」

アメリアは呼吸を整えたあと、ここに来た経緯を説明した。

「サルジュ様が建物に入ったまま戻らないと、カーロイド皇帝からアレクシス様に伝えられました。

まずアレクシス様がおひとりでここを訪れたようですが、扉を解除することができなくて、わたしに連絡が」

「……そうか。アメリアは、あの魔法を見つけられたのか」

「はい。かなり古い施錠魔法でしたが、以前、古代魔語の本で、事例として書かれていたのを覚えていたので」

アメリアがそう答えると、サルジュは納得したように頷いた。

「この建物は何ですか？　いったい何が……」

「詳しく説明したいが、まずこの建物を出るのが先だ。ここは危険すぎる。アレク兄上は？」

そう問われて、彼を置き去りにしてしまったことに気が付いた。

「外に……」

「それならよかった。兄上まで建物の中に入った状態でまた扉が閉じてしまえば、もう開けられる人はいないかもしれない。奥にカイドがいる。兄上と一緒に扉を見張ってもらうことにしよう」

そう言うと、サルジュはアメリアの手を引いたまま、奥の部屋に入った。

アメリアにも、建物の中に入ったら、自動的にまた施錠魔法が発動してしまうとわかっていたはずだ。

それなのにサルジュのことが心配で、何も考えずに建物の中に駆け込んでしまった。

アレクシスが留まってくれなかったら、大変なことになっていたかもしれない。

「申し訳ありません。わたし、ただサルジュ様のことが心配で……」

助けるどころか、一緒に閉じ込められていたかもしれない。

そう思うと、今更ながら怖くなる。

「いや、私も建物の中に興味を引かれて、あまり用心せずに内部に足を踏み入れてしまった。アメリアが来てくれなかったら、ここから出られなかったかもしれない」

一応、二、三日はこもるかもしれないからと、水と食料は持ち込んでいたようだが、それも数日分だけだ。

もしこの扉を開けられなかったらと思うと、ぞっとする。

「すまない。予想外の事態だったとはいえ、もう少し用心していれば避けられたかもしれない。心配をかけてしまった」

たしかに今までなら、もっと慎重に動いていただろう。

しかし最近のサルジュは、少し焦（あせ）っているような気がしていた。

雨を降らせる魔導具が、正常に動かなかったことだけが理由ではない。

何か深い懸念（けねん）があり、それを早急に解決しなければと、焦燥を募らせているように見えた。

「サルジュ様」

アメリアは、サルジュの手を握り直し、指を絡（から）ませる。

ふたりは似ているところがあり、言葉にはしなくても、互いのことが何となくわかる。

だからこそ、あまり言葉にはしてこなかった。

でも、どんなに近しい相手でも、完全に理解することはできない。

言葉を惜しんではいけない。

想いを相手に伝えることを戸惑ってはいけないのだと、今回のことでアメリアは知った。

だから正直な想いを言葉にして、サルジュに届ける。

「わたしは、サルジュ様の一番になりたいのです」

いくら彼の唯一の助手でも、婚約者でも、言えなかった。

それでも紛れもなく、アメリアの本心である。

「一番好きでいてほしい。そして、一番頼りにしてほしい。わたしでは、まだサルジュ様に追いつけないとわかっています。でも、何か悩みがあるのなら、打ち明けてください。やりたいことがあるのなら、一緒にやらせてください」

「アメリア」

絡ませた指に、力を込める。

「今回みたいに、もう置いて行かないで……」

アメリアはまだ学生で、一緒にできないことも多いとわかっている。

だから、これはただの我儘(わがまま)だ。

サルジュと離れたのはたった数日間なのに、彼が傍にいないと、自分が不完全であるかのように感じてしまう。

一緒に過ごす、あのかけがえのない時間を、早く取り戻したいと願ってしまう。

「すみま……」

「謝る必要なんかないよ」

抱き寄せられて、逆らうことなく身を任せた。

「私も今回のことで、アメリアとは離れられないと実感した」

「サルジュ様も？」

「ああ。扉の施錠魔法を解除するのに、思っていた以上に時間がかかってしまった。内部を詳しく調査するには、時間が足りないかもしれない。だがアメリアには二、三日で帰ると言ったから、その約束を破りたくない。そう思ったら焦ってしまって、慎重さに欠けていた」

「わたしとの、約束を……」

もしかしたら自分たちは、ひとりでいたときの方が強かったのかもしれないと思う。

アメリアは誰に何を言われても、たとえ理不尽に嫌われても毅然としていたし、サルジュもすべて自分ひとりで完結させていた。

だけどこの温もりを、愛しさを知ってしまったら、もう何も知らなかった頃には戻れない。

（それに、互いを想うことで得られる強さもあるはず。ひとりではできないことも、ふたりなら、きっと……）

それを、証明したい。

アメリアはサルジュの腕に抱かれたまま、周囲を見渡した。

暗い廊下の先には、思っていた以上に広い部屋があった。

壁一面に魔法陣が描かれて青白く光っている。アメリアが見た青い光は、どうやらこの魔法陣だったらしい。

そして魔法陣が設置されているこの部屋では、魔力を奪われるような不快な感覚はなかった。

「サルジュ様、これは……」

その問いに、アメリアの黒髪に頬を寄せて目を閉じていたサルジュは、顔を上げた。

「アメリアが帝都で感じた魔力は、この魔法陣だったと思う。建物と同じようにかなり古いものだが、まだ稼働している」

アメリアは目を凝らして、その魔法陣を見つめた。

かなり複雑なものだが、何とか古代魔語を読み取る。

「……これは」

属性魔法ではない。

けれどこの禍々(まがまが)しさは、絶対に光魔法ではないだろう。

「私も、初めて見る魔法だ。だがベルツ帝国で見た過去の魔法資料の中に、この国にはかつて、『闇魔法』という魔法を使う者がいたという記載があった」

「闇……魔法」

言葉にしただけで、ぞくりとした恐怖を感じる。

他者の魔力を強制的に奪い取る。

それは、サルジュたちが使う光魔法とは、まったく正反対の存在だろう。

「この魔法陣は、どうやら魔力を奪い、その奪った魔力を別の場所に転送しているようだ。それが何であれ、これほどの魔力を、これだけ長期間に亘って供給し続けている。あまりいいことにはなってなさそうだ」

ベルツ帝国で使われる魔法の、魔力をすべて奪い取るほどの魔法陣。

これほど長い間、奪い続けた魔力を、いったい何に使っているのか。

そう考えると、たしかにサルジュの言うように、あまり良いことではなさそうだ。

「とにかく今は、この魔法陣をどうにかしなければならない」

「はい。そうですね」

サルジュの言葉に頷きながら、アメリアは魔法陣を見つめる。

魔法陣を撤去するには、解析して分解しなければならない。

描かれた順に魔法陣に魔力を流して、少しずつ分解していくのだ。

これだけの量の魔法陣を解析するには、かなりの時間が必要になってしまう。

「サルジュ、アメリア」

そのとき、呼ぶ声が聞こえて振り返ると、アレクシスが駆けつけてきた。

「兄上、扉は」

「カイドに任せてきた。少しの間なら大丈夫だろう」

ふたりが話し合っているうちに、カイドは事情を察し、扉の確保に向かってくれたのだ。

魔法で施錠している扉を保つには、魔力を流し続けて強制的に阻止するしかない。

カイドは今、アレクシスに代わって扉が再び施錠してしまわないように、頑張ってくれているのだろう。

「魔力が奪われているのは、この魔法陣が原因かと。これを破壊すれば、もう魔力を奪われることはないでしょう」

サルジュの説明に、アレクシスは視線を壁に向けた。

「……これか」

青白く光る魔法陣に近づき、そっと手を添える。

「解析できるか？」

「やってみます。ですが、少し時間がかかるかもしれません。兄上、その間に扉をお願いします」

「わかった。向こうは任せろ」

アレクシスはそう言うと、扉の方に戻っていった。

これだけの魔法陣を解除するには、どれくらい時間がかかるのかわからない。

いくらアレクシスが高い魔力を持っているとはいえ、いつまであの扉を維持し続けられるのかわからない。

それでも、やらなくてはいけない。

急がなくてはと焦ったが、ふとアメリアは、以前読んだ古代の魔法陣について描かれた本を思い出した。

「サルジュ様。複数の魔法陣が描かれている場合は、どれかひとつ、本体となる魔法陣があると書かれていました」

「本体？」

「はい。魔法陣を解除するときには、その本体だけを解析すればいいと。たしか、王城の図書室にあった古代の魔法陣についての本に、そう書かれていたと思います」

「そうか。魔法については、私よりもアメリアの方が詳しいからね。アメリアが来てくれて、助かった」

「いいえ、たまたまその本を読んでいただけで」

慌てて否定する。

だが、たしかにサルジュの専門は植物学と土魔法で、近年はずっと穀物の品種改良に専念していただろう。

暇さえあれば本を読んでいたアメリアの方が、知識だけはあるのかもしれない。

「お役に立てて、よかったです」

そう言って、壁一面に描かれた魔法陣を見つめる。

「こういう用途の魔法陣ならば、本体は巧妙に隠されているかもしれません。本体の魔法陣には古代魔語がひとつ余計に使われているはずです」

その魔法陣の本体を見つけ出し、解析に成功すれば、他の魔法陣を一斉に解除するための、魔法の呪文を取得することができる。

アメリアはサルジュに、そう説明する。

「わかった」

どちらにしろ、ひとつひとつ確認しなければならないのは、同じだ。

けれど、ただ確認するのと、ひとつずつ解析するのではまったく違うと、サルジュはアメリアに感謝してくれる。

「急いで確認していこう」

ふたりで両端から、魔法陣を確認していく。

巧妙に隠された古代魔語を探すには、意識を集中させねばならず、なかなか大変な作業だった。

「あ」

それでも、いくつめかの魔法陣を確認していたアメリアは、描かれた魔法陣の中に隠された古代魔語を探し出した。

「サルジュ様、見つけました。これが本体です」

駆け付けたサルジュにも確認してもらい、これが魔法陣の本体だと確信した。

あとは、これを解析するだけだ。

「アレクシス様は大丈夫でしょうか？」

周囲はもう暗く、かなりの時間が経過したと思われる。

心配になって尋ねると、サルジュはアレクシスと魔法で会話をしたらしく、頷いた。

「大丈夫のようだ。このまま魔法陣の解析をしよう」

「はい、わかりました」

だが、この魔法陣の解析も、どれだけ時間がかかるかわからない。

なるべく急がなくてはならないだろう。

アメリアとサルジュは並んで魔法陣の前に立った。

魔法陣の解析は、描かれた順に魔力でなぞり、少しずつ解除していくことになる。

描かれた順番は、込められた魔力を辿ることで判明するが、複雑な魔法陣ほど手順がわかりにくく、間違えてしまえば最初からやり直しである。

ふたりで協力しながら、複雑な魔法陣を少しずつ丁寧に解析していく。

さすがに、描かれてから年月が経過していることもあり、終盤に差し掛かるにつれて、難しくなっていく。

「あっ……」

壁が崩れかけていて、わかりにくい箇所があり、とうとう順番を間違えてしまう。

「ごめんなさい……」

自己嫌悪に陥るが、サルジュは優しくアメリアの背を撫でてくれる。

「大丈夫だ。さすがに今のは、私にもわからなかった。初めからやり直してみよう」

「はい」

その言葉に励まされて、もう一度魔法陣に向き直る。

何度も失敗し、その度にふたりで最初からやり直した。

そうして、周囲が明るくなり始めた頃、ようやく魔法陣の解析に成功した。

安堵から、その場に座り込んだアメリアを、サルジュは支えてくれた。

「アメリア、無理をさせてしまってすまない。だが魔法陣を解析することができた。このまま一気に残りの魔法陣を撤去して、兄上のところに急ごう」

「はい」

そう答えたものの、安堵からか、それとも疲労からか。

足が震えてなかなか立つことができなかった。

でもアメリアたちがこの建物から撤退しなければ、今も扉を維持しているアレクシスの負担になってしまう。

本体の魔法陣を解析した際に入手した、他の魔法陣を解除するための魔法を使う。しばらくして、青く光っていた魔法陣が一斉に光を失った。

続いて、ガラスが割れるような硬質な音が響き渡る。

魔法陣は跡形もなく消え、古びた壁だけが残された。

これでもう、魔力を奪われることも、魔石が劣化してしまうこともないだろう。

だが、ほっとしたのも束(つか)の間。

ふいに足元が崩れて、アメリアはバランスを保てずに、地面に転がってしまう。

「きゃっ」

「アメリア！」

魔法陣がなくなったことにより、建物を維持していた魔法が消えてしまったのだ。それによって長年の劣化に耐えられなくなった建物が、崩壊したらしい。

壁が崩れ、天井が落ちてくる。

「！」

疲れ切った体では、逃げることさえできなかった。

このままでは生き埋めになってしまうと、アメリアは恐怖に身を震わせる。

けれど、包み込んでくれるサルジュの腕と彼の魔力が、アメリアを守ってくれた。

「……間に合った」

聞こえてきた安堵の声に、固く瞑っていた目を開く。

建物の下敷きになってしまうかと思われたアメリアとサルジュは、彼の結界魔法によって守られていた。

魔法陣がなくなったことで、ビーダイド王国にいるときのように、自由に魔法が使えるようになったのだろう。

「サルジュ様」

「アメリア、怪我はないか？」

「はい、わたしは大丈夫です。サルジュ様は……」

「私も問題ない」

互いの無事を確認し合い、寄り添い合う。

「ふたりとも、無事だったか」

安堵した声が聞こえて顔を上げると、アレクシスとカイドも、ふたりのもとに駆け付けてくれたようだ。

「魔法陣は」

「無事に撤去することができました。そのせいで、建物を維持することができなくなって、崩れ落ちてしまったようです」

「そうか。まぁ、カーロイドに人的被害が起きなければ、好きにしていいと言われている。問題ないだろう」

そう言って、瓦礫の山となった建物を見る。

「これは残した方がいいか？」

そう尋ねられたサルジュは、アメリアを腕に抱いたまま首を横に振る。

すると、アレクシスが軽く手を振っただけで瓦礫の山は消え、更地となった。

「もう朝だが、ふたりとも休んだ方がいい。帝城で休ませてもらうか？　それとも帝都に宿を借りた方がいいか？」

「町の様子も見たいから、宿の方がいい」

そう答えたサルジュに頷き、アレクシスは帝都に宿を借りて、ふたりを休ませてくれた。

サルジュと隣同士の部屋で、念のためにと結界も張ってくれた。宿にはいつの間にかリリアーネがいて、アメリアの世話をしてくれる。

「アレクシス様に呼ばれました。ずっと傍にいますから、安心してお休みください」

「……うん」

さすがに疲れ果てていたアメリアは、そう言ってすぐにベッドに潜り込む。

アレクシスが結界を張ってくれて、さらにリリアーネが傍にいてくれる。そう思うと、安心してぐっすりと眠ることができた。

目が覚めたのは、もう昼近くのことだった。

まだぼんやりとしているアメリアに、リリアーネは食事を用意してくれる。

「サルジュ様は……」

「カイドに聞いたら、まだ休まれているようです」

サルジュは一度寝てしまうと、なかなか起きない。

もしかしたら、このまま夕方ごろまで起きないかもしれない。

「アメリア様も、もう少し休まれた方がよろしいかと」

そう言われて、アメリアも頷く。

「ええ、そうするわ」

さすがにまだ、完全に回復したとは言えない。

「アレクシス様は……」

「王太子殿下は、一度ビーダイド王国に戻って国王陛下に報告してから、また戻ってくるそうです」

「すごいですね……」

アメリアとサルジュが魔法陣を解析している間、一晩中、扉が閉まらないように魔力で維持してくれたのに、休んだ様子もなく動き回っている様子に感心する。

「いえ、さすがに少しはお疲れでしたよ。あの方が疲れている様子なんて、それこそ数十年ぶりでしたが」

アレクシスとは魔法学園で同級生だったリリアーネは、そう言って笑った。

でもアメリアにはどうしても、アレクシスが疲れている姿など想像できなかった。

軽く食事をしたあと、リリアーネに促されてもう少し休むことにした。

すぐには眠くならず、窓から帝都の様子を眺めている。

(魔法陣がなくなって、もうこの国から魔力を感じない……。きっと雨を降らせる魔導具も、正常に動くようになったはず。でも……)

この国から魔法が消えたのは、あの魔法陣のせいかもしれない。

魔法陣は撤去することはできたけれど、まだこの件は終わっていない。

そんな予感がする。

(それに、かつてこのベルツ帝国に、闇の魔法を使う人がいたなんて)

だが、この国から魔法が失われた以上、闇魔法の遣い手も、今はもう絶えているに違いない。

それでもまだ、その遺物が残っているのならば、あの魔法陣と同じく、すべて撤去しなければならないだろう。

そんなことを考えているうちに、また眠ってしまったらしい。

翌朝までゆっくりと眠ったアメリアは、爽快な気持ちで目覚めることができた。

「うん、よく寝た」

疲労もすっかり回復したようだ。

着替えをしてから、アレクシスとサルジュが待っているらしい部屋に向かう。

(あれ、ユリウス様?)

リリアーネと同じくアレクシスに呼ばれたのか、ビーダイド王国で待機していたはずのユリウスの姿もあった。

「おはようございます」

そう声を掛けると、三人が振り向いた。

「ああ、アメリア、おはよう。顔色は良さそうだね」

そう言ってにこやかに迎えてくれたのはアレクシスだった。

「ユリウスも、アメリアが来たからその辺で。サルジュも反省しただろう」

「……兄上は、サルジュに甘いですよ」

「お前だって、そうだろうに」

どうやらひとりで危険なことをしたと、ユリウスはサルジュを叱っていたようだ。

「たしかに農作物や魔導具に関しては、サルジュを頼りにしてしまっていることは多い。だが今回のことは、サルジュがひとりで解決するようなことではない。アメリアだけではなく、俺たちも頼ってほしい。俺たちにだって、何かできることはあるはずだ」

サルジュにしてみれば、魔導具を任せられたのだから、その不具合も自分が解決しなければという思いがあったに違いない。

けれどユリウスだけではなく、アレクシスもエストも、そしてアメリアも、いつだってサルジュの手助けをしたいと思っている。

ユリウスの言うように、サルジュと同じことはできなくても、手助けはできるはず。

さらに今回の件は魔法陣や古代魔語のことが中心で、サルジュも詳しいが、専門家ではない。

サルジュを庇いたいが、ユリウスの言いたいこともよくわかる。

アメリアは口を挟めずに、ただ見守っていた。

「わかっている。今回だって、アメリアとアレク兄上が来てくれたから、解決できた」

サルジュも聞き流したりせずに、真摯にそう言った。

「でも、まだやらなくてはならないことがある。あの魔法陣が集めた魔力は、どこかに転送されているはず。それはきっと、この国の今の状態にも関わっている。それを探し出して、止めなくてはならない」

「この国の状態とは？」

アレクシスの問いに、サルジュは視線を窓の外に向けた。

「大陸の中で、この国の気温だけが上昇している原因が、あの魔法陣から魔力が転送されている先にある。それは百数十年前、まだこの大陸で国家間の争いが激しかった頃のものだと思う」

「それは……」

アレクシスとユリウスは顔を見合わせて、表情を険しくする。

それは、魔導師による魔法攻撃が主だった時代だ。

敵を一気に殲滅（せんめつ）するような大掛かりな魔法が次々と開発され、どの国も被害が甚大だった。

あまりにも激しい魔法戦争に突入してしまい、このままでは被害ばかりが大きくなってしまうと、各国の国王が集まって協定が結ばれたのだという。

その頃に、手あたり次第に魔力を集め、それを何かに転送しているのだとしたら、魔法兵器しか考えられない。

（そんな……）

アメリアは震える両手を胸のあたりで組み合わせ、縋（すが）るようにサルジュを見た。

「兵器かどうかは、まだわからないよ」

そんなアメリアの不安を感じ取ったのか、サルジュはそう言った。

「もし魔法兵器だとしたら、それほど大掛かりなものが、今まで発見されずに放置されていたとは思えない。だが今のベルツ帝国の状況を考えると、あまりよくないものだろう」

サルジュはベルツ帝国の帝城の資料室に残された資料から、それを連想させる記述が多数見つかったと告げた。

「気温が上昇し続け、魔力を奪われてしまう。あの資料室には、昔からそんな報告があったと記載がありました」

あの魔法陣を作った魔導師は戦いの中で命を落とし、その兵器らしきものだけが残されたのだろうか。

過剰に魔力を供給され続けた魔法兵器が暴走して、この国の天候にさえ影響されているのだとしたら、それはとても恐ろしいことだ。

「この話は、カーロイドにも通したほうがよさそうだ」

サルジュの報告を聞いたアレクシスは、そう言った。

たしかにこれはベルツ帝国に関わる問題である。

「ですが、兄上」

ユリウスは躊躇いがちに声を上げる。

「もしそれが恐るべき魔法兵器ならば、ベルツ帝国はこの大陸の支配者になれる可能性さえある。それを、簡単に破棄するでしょうか？」

魔法兵器の存在を明かさずに、ひそかに処分した方がいいのではないかと、ユリウスは言う。

「これが、前々皇帝、前皇帝のときに判明しなくてよかったと、俺は思うよ」

そんなユリウスに、アレクシスはそう言った。

「カーロイドならば、そんな危険なものはすぐに処分すると言うだろう。間違いない。彼は、そういう男だ」

「それは、わかっています。ですが……」

孤高の皇帝の不器用なまでのまっすぐさを、ユリウスも知っているはずだ。

再び国家間の戦争を引き起こすかもしれないものの存在を、簡単に明かしても良いのかという迷いがあるのだろう。

「ユリウスの懸念もわかる。だがここはベルツ帝国で、我々が他国の所有物を破壊することはできない。カーロイドに話をしようと思う」

それに、どこにあるかわからない魔法兵器を探すには、やはりカーロイドの許可と協力が必要となる。

そう言うアレクシスの言葉に、サルジュとアメリアは同意する。

そして最後にはユリウスも頷いた。


そして、全員でベルツ帝国の帝城に移動し、カーロイドひとりに話がしたいと言うと、彼はすぐに承諾してくれた。

「帝都に残されていた古い建物に関することだろう？」

カーロイドは、そう言って側近も護衛騎士さえも遠ざけて、こちらの話を聞いてくれた。

アロイスやリリアンがいれば同席したかもしれないが、ふたりは今、任務のために城を離れているらしい。

「そうだ。あの建物の内部には、魔力を無差別に吸収する魔法陣がいくつも描かれていた」

そう言ってアレクシスは、カーロイドの目の前に、あの建物の内部に描かれた魔法陣を再現してみせる。

「これは……。随分と禍々しいものだな」

それを見たカーロイドは、顔を顰(しか)める。

「雨を降らせる魔導具の不具合は、この魔法陣によって魔石の魔力さえ吸収されていたからだ。もう百数十年も前のものとは思えないほど、正常に稼働していたようだな」

「あの建物が倒壊したということは、この魔法陣も？」

「ああ。サルジュとアメリアが魔法陣を撤去してくれた。建物を保護していた魔力も消えたことで、崩壊したのだろう」

アレクシスの説明にカーロイドは頷く。

「そうか。……危険を冒してまで撤去してくれたことに、感謝する。私には魔法のことはよくわからないが、あれは禍々しく、恐ろしいものに感じた。残しておいては、後々によくないことが起きたかもしれない」

カーロイドは心から安堵した様子でそう言い、アメリアとサルジュにも謝意を示してくれた。

「そうだな。この魔法陣が、サルジュの魔導具の不具合を引き起こしていたのだからな。それに、もしかしたらもっとひどい事態になっていたかもしれない」

親しい友人に話すように、朗らかに語り掛けていたアレクシスは、ふと表情を改めた。

「この魔法陣によって集められた魔力は、どこかに転送されているようだ。サルジュは、この魔力が供給されている先に、この国が砂漠化するほど気温が上昇してしまった原因があると言う」

よほど衝撃だったのか、カーロイドは立ち上がった。

問い詰めるほど強い視線をサルジュに向けている。

サルジュは臆することなく、静かに頷き、この国を取り巻く状況を説明し始める。

「ベルツ帝国に残されていた過去の魔法に関する資料に、帝都の近くには灼熱のドラゴンが棲んでいる。そのドラゴンの住む区域は、他に比べて気温が高く、年々上昇している、という記載がありました」

「ドラゴン？」

訝しげなカーロイドに、サルジュは本物のドラゴンではなく、おそらく魔導具のようなものをドラゴンに例えて記したのだろうと説明した。

「ベルツ帝国の魔導師たちは、その魔導具が周囲に悪影響を与えるほど危険なものだと認識し、何とか止めようとした。ですが、それは不可能だったようです」

その魔導具は、魔法戦争があった時代の遺物で、気温が上昇する、近寄ると魔力が根こそぎ奪われて、最後には死んでしまう、などという記載が多数あったと、サルジュは説明した。

「ひとつの魔導具が、帝国全土の天候に影響を与えるなどと、実際に起こるのだろうか？」

魔法という力に馴染みがないカーロイドは、魔法による影響だというよりも、単に天候のせいだと考える方が自然だと思っているようだ。

「昔は今よりも大規模な魔法が多かったそうです。それでも昔は、そこまでの威力ではなかったのかもしれません。ですが、魔力を集め続けた年月を考えると、それくらいの規模になっていても不思議ではないかと」

「そうなのか」

カーロイドは、サルジュの言葉を真摯に受け止めたようだ。

「それほどのことを、なぜ歴代の皇帝たちは放置されていたのだろうか」

「機密を守るために、隠蔽魔法が掛けられていました。解除できる者がいなくなってしまったことにより、その情報も失われていったのでしょう」

やがて気温が上昇する範囲も広がり、魔導具の影響ではなく、天候のせいだと認識されていく。

魔力に関しても、魔導師自体が減少し、魔力を奪われたと感じる者もいなくなった。

「今までも僅かに魔力を持っていた者は存在していたかもしれません。ですが、あの魔法陣がすべて奪い取ってしまい、属性魔法どころか、自身に魔力があることさえ、気付かせなかったのではないかと」

さすがに衝撃的な話だったのだろう。

カーロイドは黙り込んでしまい、やがて大きく息を吐いた。

「魔法陣がなくなれば、もうその魔導具も止まるだろうか？」

「いずれは。それが本当に魔導具であるかどうかも定かではなく、今まで百数十年も魔力を供給し続けたことを考えると、停止まで何年もかかる可能性もあります。その間も、気温が上昇し続けるとしたら、雨を降らせる魔導具だけでは、心許ないかと」

サルジュは魔導具かもしれないとだけ言い、それが魔法兵器である可能性に言及しなかった。

それが作られた時期と、魔法陣を幾つも設置して魔力を集めていたことなどから、カーロイドにも何となく想像できたのだろう。

「それほど危険なものならば、何としても排除しなければならないと思う。可能だろうか？」

カーロイドの問いに、アレクシスは力強く頷いた。

「ああ。たしかに、サルジュの言うように放置するのは危険だろう。場所もわからず、どんな形をしているのかもわからないが、何としても探し出して、破壊しなければならない」

「この国のことで、ここまで面倒を掛けてしまって申し訳ない」

カーロイドは頭を下げたが、アレクシスの言うように、放置するにはあまりにも危険なものだ。

話し合いの結果、まずアレクシスとユリウス、そして案内人としてアロイスが帝都周辺をくまなく探索し、魔導具らしきものの場所を突き止めることになった。

あまりにも昔のことで、再現魔法でも場所は特定できないので、地道に探すしかないだろう。

「サルジュとアメリアは、いったん国に帰るように。魔法陣の撤去で、かなり疲れたはずだ。しばらくは療養し、魔導具らしきものが発見された場合に備えてほしい」

「はい」

アレクシスの言葉に、アメリアはすぐに頷いた。

体はもう回復していたが、この場に残っても探索の力になるとは思えない。

それよりも、カーロイド皇帝に特別に持ち出しが許可された過去の魔法の資料を分析し、魔法兵器についての情報を集めた方がいいだろう。

サルジュは少し戸惑っていたが、ユリウスに急かされて、仕方なく頷いていた。

ここでベルツ帝国を離れることに、少し抵抗があったのかもしれない。

けれどこれだけのことを、今までひとりで抱え込んでいたサルジュには、少し休息も必要だろう。

その日のうちにアメリアはサルジュと、そして護衛騎士のリリアーネとともに、ビーダイド王国に帰還することになった。

「何かわかったらすぐに連絡する。だから、おとなしく待っているように」

アレクシスはサルジュを諭すようにそう言うと、全員を転移魔法でビーダイド王国まで送ってくれた。

# 第五章　あの日と同じ花

魔法陣も使わず、しかも三人を同時に移動させたようだ。

「アレクシス様はすごいですね」

一瞬でビーダイド王国に戻ってきたことに感動して、そう呟く。

少し冷たい空気に、思わず深呼吸をする。

やはりこの国の気候が、一番体に馴染んでいる気がする。

「そうだね。兄上がいてくれるから、こうして研究に専念することができる」

サルジュもそう言って、アメリアを見つめる。

「アメリア。迎えに来てくれてありがとう。アメリアが施錠魔法を解除してくれなかったら、あの建物の中に閉じ込められたままだった」

「サルジュ様のお役に立つことができて、よかったです」

こうして一緒に戻ってこられて、本当によかったと思う。

ふたりが帰ったことを知ると、マリーエとソフィア、そしてエストが迎えてくれた。

「おかえりなさい」

そう言ってくれたマリーエの優しい声に、もう休息は十分だったはずなのに、力が抜けて座り込みそうになる。

「大変だったわね。今日は何もしないで、ゆっくり休みなさい」

ソフィアもそう労（ねぎら）ってくれた。

「でも、ベルツ帝国ではアレクシス様やユリウス様が……」

「大丈夫。ふたりとも丈夫だから、多少のことでは体を壊したりしないだろう」

たしかに、疲れも見せずにずっと動き回っていたアレクシスを思い出すと、その通りかもしれないと思ってしまう。

「それに、サルジュは少しつらそうだわ。休ませてあげないと」

ソフィアにそう囁（ささや）かれ、はっとしてサルジュを見る。

たしかに、アメリアが駆けつけるまで三日もあの建物に閉じ込められていたのだ。その間、彼がおとなしくしていたとは思えない。

扉を開けようとしたり、魔法陣を何とかしようとしたり、考えられることはすべてやってみたことだろう。

そのあとに魔法陣の撤去までしたのだから、一日くらいで回復するとは思えなかった。

「ユリウスに任せられることは任せろと言われたことを、もう忘れましたか？」

少しでも早く魔法兵器の場所を特定しなければと、休むことを拒否するサルジュに、エストは呆（あき）れたように言った。

「それに古代魔法ならば、私も少し学んでいます。持ち帰った資料の分析は任せて、今はおとなしく休みなさい」

「サルジュ様。無理はしないと約束してくれたはずです」

さらにアメリアがそう言うと、サルジュはようやく諦めたようで、自分の部屋で休んでくれた。

それにほっとしたのも束の間。

今度はアメリアが、ソフィアとマリーエに言われてしまう。

「さあ、アメリアも休みなさい。これから忙しくなるかもしれないから、休めるうちにしっかりとね」

「はい」

ソフィアもマリーエも、本当はベルツ帝国に残ったアレクシスとユリウスが心配だろうに、アメリアとサルジュを気遣ってくれる。

その優しさに、今は甘えることにして、アメリアもおとなしく自分の部屋に向かった。

カーロイド皇帝の許可を得て、ふたりはベルツ帝国からいくつか資料を持ち帰っていた。

その資料は、エストが確認してくれるらしい。

エストは昔、今よりも体が弱く、ほとんど部屋で過ごしていた時期があった。その頃に、昔の魔法書や、古代魔語の本ばかり読んでいたという。

アメリアも学園に入る前から、農地に出られない冬は、少しでも魔法を勉強して領地のために役立てたいと、同じような本を読んでいた。

これからはエストとも、魔法の話ができるかもしれない。義兄になる彼と、共通点を見つけられて嬉しく思う。

（それにしても……）

アメリアは、しっかり馴染んだ自分の部屋で、ベッドに横たわって天井を眺めながら思う。

ベルツ帝国に、アレクシスとユリウス。

そして、こちらでエストとサルジュ。

ビーダイド王国の王子四人が、総出で取り掛かるほどの事態なのだ。

そう思うと少し恐ろしいが、彼らが四人揃っているのならば、きっと大丈夫だという安心感もある。

「うん、休めるうちに休まないと」

頼もしい仲間がこれほどたくさんいるのだ。

任せられることは任せて、今は体調を万全にしよう。

そう思って、この日は言われた通りに何もせずに回復に専念した。

そのため、翌日にはすっかり元通りになっていた。

もともと向こうでもしっかり休んで、体調は整えていたくらいだ。それに昔から農地を歩き回っていたアメリアは、小柄な体形に反して、案外丈夫なのだ。

「おはようございます。昨日は休ませていただいてありがとうございました」

朝食に向かい、ソフィアとマリーエにそう挨拶をする。

少し遅れてエストもやってきたが、サルジュの姿はない。

「サルジュ様は……」

「うん、大丈夫だよ。せっかく休ませようと思って資料もすべて取り上げていたのに、かえって色々と考えてしまって眠れなかったようでね」

朝食に来る前に様子を見てきたエストは、そう言って苦笑する。

たしかにサルジュならば何も資料を見なくても、今までの知識で、いくらでも思考を巡らせられるだろう。

「朝方にようやく眠ったみたいだから、もう少し休ませておこう」

「はい」

残っている人たちで朝食をとったあとは、エストと一緒に図書室で、持ち帰った魔法の資料を分析する。

「闇魔法の存在は、ビーダイドの王家には代々伝わっていた話だよ」

その中に闇魔法の記載があったようで、エストはそう教えてくれた。

「そうだったんですね」

「闇魔法の遣い手は、百数十年前の魔法戦争で絶えたと言われていた。でも、ベルツ帝国に残されていた魔法陣は、間違いなく闇魔法だったと思う」

もう失われた魔法だからこそ、光魔法の遣い手であるビーダイド王国の王家にだけ、ひっそりと伝えられてきたのかもしれない。

「はい。わたしもそう思います。とても禍々(まがまが)しいものでした」

他者の魔力を、無理やり奪う魔法陣なのだ。

あれほどの魔法陣を、よく撤去できたものだと今更ながら思う。

きっと光魔法の遣い手であるサルジュが、一緒にいてくれたからだ。

「その魔力が供給されている魔法兵器も、おそらくそうだろう。魔法の遣い手は絶えても、まだ魔法の名残は存在する。今の世界には不要なものだ。すべて、撤去するべきだろう」

ベルツ帝国の皇帝であるカーロイドが、戦乱を望んでいない人物でよかったと、エストも言う。

今のベルツ帝国は魔法という力が失われ、かつてベルツ帝国に闇魔法の遣い手がいたことさえ、一般の文献には残っていない。

カーロイドも、魔法という存在を無意識に恐れているように、アメリアには思えた。

制御できない強い力が手元にあるのは、とても怖いことだ。

ベルツ帝国に残されていた魔法の資料は、サルジュが言っていたようにかなり難解で、古代魔語をよく理解しているエストやアメリアでも、なかなか読み解けないものもあった。

「これはさすがに、サルジュの助けが必要だね。アメリア、サルジュの様子を見に行ってくれないか？」

「え？」

何とか古代魔語を読み取ろうと集中していたアメリアは、突然そう言われて、驚いて顔を上げる。

「様子……。あの、サルジュ様の部屋に……ですか？」

サルジュと会うのはいつも図書室などで、互いの部屋を訪れたことは一度もなかった。

動揺して聞き返すアメリアに、エストは笑って頷（うなず）く。

「そう。婚約者なのだから、構わないと思いますが」

アメリアの知らない、意外な一面が見られるかもしれませんよ。

エストはそう言って、にこやかに笑った。

そんなことを言われてしまえば、気になってしまう。

それに、ただサルジュの様子を見に行くだけだからと、アメリアは緊張しながらも頷いて、サルジュの部屋に向かうことにした。

サルジュの部屋は、図書室からとても近い場所にある。

緊張しながらも扉を叩(たた)くと、中から答える声がした。

「あの、サルジュ様？」

「アメリア？」

まさかアメリアが訪ねてくるとは思わなかったらしく、驚いたような声とともに、扉が開かれた。

「エスト様に、様子を見に行ってほしいと言われて」

「エスト兄上が？」

サルジュにも、エストの行動は予想外だったらしく、そう問い返しながらも、アメリアを部屋の中に導いてくれた。

「すまない、すっかり眠ってしまっていた。もうこんな時間になっていたんだね」

そう言うと、わずかに乱れていた金色の髪を、慌てて整える。

そんな様子が何だか可愛(かわい)く思えて、アメリアは思わずくすりと笑ってしまう。

（ここが、サルジュ様の部屋……）

生活感はほとんどなく、本や資料などがたくさんあって、まるで図書室と同じような雰囲気だ。

窓辺には植木鉢がいくつか置かれていて、そこには今の季節ではない花が咲いていていた。

きっとサルジュが、魔法で咲かせたのだろう。

あまり見渡すのも失礼だと思ったけれど、つい好奇心に負けて、アメリアは視線を巡らせた。

「あ……」

壁に、一枚の絵が飾られている。

少し大きめのサイズで、風景画のようだ。

何だか見たことのある景色だと思ったアメリアは、それがレニア領の風景だということに気が付いた。

「サルジュ様、これは……」

あれは、去年のこと。

長引いてしまった公務のせいで、つぶれてしまった夏季休暇の代わりにと、休暇をもらってサルジュとレニア領に帰ったことがあった。

そのときに、サルジュに請われて一緒に農地を歩いた。

その風景が、ここに描かれていたのだ。

「あの日の、レニア領ですね」

「うん」

サルジュは頷き、少し照れたような顔で、アメリアが見つめている風景画に触れた。

「あの日の光景を、形にして残しておきたくて。こうして描いてみた」

「サルジュ様が描かれたのですか?」

驚いて、つい大きな声を出してしまう。

彼が絵を描くなんて、今までまったく知らなかった。

エストが言っていた、サルジュの意外な一面とは、きっとこのことだろう。

「そう。昔から、貴重な植物を持ち帰ることができない場合は、こうして絵に描いていた。今までは簡単なスケッチなどで、こんな大きなものを描いたことはなかったが、この景色だけは、どうしても形に残したくて」

忙しい時間の合間を縫って、少しずつ仕上げたであろう風景画。

それはとても優しい色合いで、サルジュはあのときの景色を、一緒に過ごした時間を、こんなにも愛(いと)おしんでくれたのだとわかる。

そう思うと嬉(うれ)しくて、思わず涙が零(こぼ)れる。

感動して涙を流すアメリアを、サルジュは優しく抱き寄せてくれた。

「すべてが終わったら、またサルジュ様と農地を歩きたいです」

「そうだね。そのためにも、あの問題を全力で解決しなければならない」

ふたりで寄り添いながら、レニア領の景色を眺める。

戻ってきたふたりを、エストは優しく迎えてくれた。

三人で魔法の資料を分析したが、闇魔法が残した魔法兵器を恐れる記述ばかりで、なかなか場所を特定することはできない。

各地を飛び回って探しているアレクシスたちも、まだ有力な情報は摑んでいないらしい。

「もしかしたら、それほど大きなものではないのかもしれませんね」

エストの言葉に、アメリアも同意した。

恐ろしいほどの威力を持っているかもしれないが、兵器そのものは小型の可能性があり、さらに隠蔽魔法まで掛けられている。

探し出すのは容易ではないだろう。

けれど、帝都を中心として、気温が上昇しているという事実がある。

その付近にあることは、間違いない。

「その魔法兵器がベルツ帝国の天候にも関与しているとしたら、過去から今までの気温の変化を見比べてみれば、何かわかるかもしれません」

時間をかけて分析した魔法関連の資料には、残念ながら有力な情報は記載されていなかった。

ならば、別の視点から探さなくてはならない。

そう思ったアメリアは、気温の上昇具合から、場所が特定できないかと考えた。

「たしかに、ベルツ帝国では長年の課題だったのだから、詳しく調査した者もいただろう。カーロイド皇帝に詳しいデータが残されていないか聞いてみよう」

サルジュもその考えに同意してくれた。

さっそくベルツ帝国に向かうことにしたが、エストも同行すると言い出した。

「アメリアのおかげで、もう魔力が吸い取られることもありません。私が行っても問題ないでしょう」

「ですが……」

さすがに王子が四人とも国を出てもいいのか気になったが、エストは問題ないと言う。

「もうライナスがいますから」

アレクシスに次ぐ王位継承権を持つのは、生まれたばかりのライナスだ。

光属性を持っていることも間違いないため、もし何かあったとしても、ライナスがいれば大丈夫だとエストは言う。

意外に頑固なエストを思いとどまらせることはできず、さらに国王陛下も許可したことで、三人でベルツ帝国に向かうことにした。

サルジュはエストを心配していたが、彼は長距離の移動魔法にも平然としていた。

帝城では、アレクシスとユリウス。

そしてカーロイドが、三人を迎えてくれた。

「まさかエストまで来るとは。体は大丈夫なのか？」

心配そうなアレクシスに、エストは問題ないと笑って答えていた。

「それよりも、例の魔導具の特定を急ぎましょう」

砂漠化が懸念(けねん)されるようになった時期に、気温の上昇を事細やかに記したデータがないか探す。

アロイスとリリアンも手伝ってくれて、その時期を特定することができた。

「この年の記録を、もっと詳しく調べてみましょう」

エストの言葉で、ベルツ帝国の記録をさらに詳細まで調査する。

「これは……」

アメリアは、その記録の中に気になる記述を見つけた。

かつて、帝都のすぐ近くに小さな町があったらしい。

その町は、他の土地と比べても砂漠化するスピードがあまりにも速く、たちまち人が棲めなくなって、町そのものが消滅してしまったようだ。

「この町を探してみよう」

アメリアがその記録を見せると、サルジュもそう言ってくれた。

その町の特定には、それほど時間がかからなかった。

「俺とユリウス、そしてカイドで、この町があった場所に行ってみる。他は、帝城で待機しているように」

アレクシスはそう言って、ユリウス、カイドとともにその場所に向かう。

アメリアたちは待つことしかできないが、何も見つからなかった場合に備えて、他の記録を探していた。

だが、この町ほど急激に砂漠化した土地はないようだ。

「おそらく、兄上たちが向かった場所で間違いないだろう」

サルジュの言葉に、アメリアも同意して頷く。

その言葉通りに、アレクシスたちはやや大きめの宝石のようなものを持ち帰ってきた。

「他の場所よりも砂漠化が進行していたから、特定は難しくなかった。エスト、サルジュ。分析を頼む」

アレクシスの言葉に、エストとサルジュは揃って頷いた。

アレクシスとユリウスがその地に赴き、やがて、やや大きめの宝石のようなものを持ち帰った。

分析した結果、それが魔法陣から魔力を供給されていた魔導具で間違いないという結果が出る。

「魔法兵器に魔力が供給されすぎた結果、砂漠化が起こってしまったのだと思っていた。だがこの魔法兵器は、砂漠化を引き起こすことが目的だったようだ」

分析した結果を、カーロイドとアロイス、リリアン。そしてアレクシスとユリウス、そしてアメリアで聞く。

「砂漠化が目的とは?」

「敵国の地中に埋めて隠すことで、魔力が供給される限り、その国の大地を砂漠化させてしまう。目的は、おそらく兵糧攻めのようなものだったのだろう」

大地が実りを失えば、その土地に住む者たちは生きることができなくなる。

当然、戦争どころではなくなるだろう。

だが皮肉にも、その兵器を敵国に埋める前に、闇魔法の遣い手は死んでしまい、ベルツ帝国内にそれが残されてしまった。

雨を降らせる魔導具を使ってから日照りが激しくなったと言われたのも、魔石の魔力を吸収して、これが活発化したからだろう。

「……国土の砂漠化は、天候のせいではなく、この国の自業自得だったのか」

カーロイドの苦渋に満ちた声に、何も言えなかった。

闇魔法の遣い手は、当時の皇帝の部下であり、その命令によってこのような兵器を生み出したのだと思われる。

こうして魔法兵器は撤去され、これ以上砂漠化が進むことはないのかもしれない。

それでもここまで疲弊した大地が元の姿を取り戻すには、それこそ長い年月が必要となるだろう。

「でもこれで、この国でも魔導具は正常に動くようになる。魔力を強制的に奪う魔法陣もなくなった。これからはこの国にも、魔力を持った子どもが生まれるかもしれない」

重い沈黙を破ったのは、サルジュのその言葉だった。

過去はもう変えられない。

現状も、厳しいものだ。

けれど未来には希望がある。

カーロイドも、そんなサルジュの言葉を受けて、決意に満ちた瞳で頷いた。

「ベルツ帝国の皇帝として、この国の大地を蘇(よみがえ)らせるために、生涯を捧(ささ)げよう。ビーダイド王国の助力には、心から感謝する」

「ここまで関わったんだ。これからも協力するさ」

アレクシスが沈んだ雰囲気を吹き飛ばすように明るく言い、カーロイドの顔も少し和らいだ。

カーロイドは孤高の皇帝だが、もう孤独ではない。

アロイスやリリアンも傍にいる。

道は困難だが、彼ならば必ず成し遂げるだろう。


今回の件を、カーロイドは公表するかどうか迷っていたようだ。

だが今の状況では、国や皇帝に対する不信や不満を集めない方がいいだろう。

アレクシスやアロイスにそう言われて、断念したようだ。

アメリアも、その方が良いと思った。

兵器を開発した闇魔法の魔導師も、それを命じた皇帝も、自らの国を砂漠化させる意図はなかったのだから。

これが本当に兵器として使われていたかと思うと、ぞっとする。

標的は、険しい山脈を挟んだ隣国のジャナキ王国だったかもしれない。

ジャナキ王国は昔から農業が盛んで、農作物の輸出も頻繁に行っていた。あの国が砂漠化してしまっていたら、この大陸の勢力図は大きく変わっていたことだろう。

問題が解決し、ビーダイド王国に帰ったアメリアとサルジュは、今度は収穫を迎えた各地からのデータが届き、それを分析するために忙しくなっていく。

収穫量は予想以上で、これなら何の問題もない。

農作物のデータを分析しているサルジュは、魔法の解析をしているときよりも楽しそうで、やはり彼の本分は植物学の方なのだろう。

今年の収穫が終わったあとは、成長促進魔法を肥料に付与するのではなく、植物の種に直接掛ける実験をしていた。

種に魔法を付与するのは、簡単そうに見えて、なかなか加減が難しいらしい。

でも彼のことだから、いずれ成功するに違いない。

アメリアの方は、もう間近に迫った学園の卒業と結婚式の準備で、かなり忙しい日々を過ごしていた。

ウェディングドレスも仕上がり、そのあまりの美しさに見惚れたあと、本当にこれを自分が着るのかと、その場面を想像して赤くなったり青ざめたりして、マリーエに笑われた。

「似合うに決まっているじゃない。あなたのために仕立てられたドレスなのよ」

そう言うマリーエも、自分のときは派手すぎると言っていた気がする。

それを指摘すると、マリーエはそれを思い出したのか、くすくすと笑っていた。

ソフィアや王妃だけではなく、レニア領から母も王都を訪ねてきて、アメリアの相談に乗ってくれる。

その日が確実に近づいてきて、不安と期待で胸がいっぱいになる。

不安は、自分が王子妃としてふさわしい存在になれるかどうか。

けれどアメリアはひとりではない。

ソフィアとマリーエが先に立ってくれているし、後にはクロエも続いてくれる。

四人の王子たちが協力してこの国を支えているように、アメリアたちも四人で協力して、そんな彼らを支えていけばいい。


いつもよりも短く感じた冬が終わり、春が来る。

アメリアにとっては、サルジュと出会った、思い入れの深い季節である。


そうしてアメリアは、この春に王立魔法学園を卒業した。

もう学生として通うことはないが、王立魔法研究所のひとりとして、これからもこの場所に通うことになるだろう。

従弟のソルと、婚約者のミィーナも三年生になった。

年齢はアメリアと同じだったが、本人の希望で一年生として入学したクロエも、同じく三年生となった。

去年の冬に、ようやくクロエが、第二王子エストの婚約者であり、ジャナキ王国の王女であることが、正式に公表された。

本当はエストとクロエの婚約披露パーティを秋に執り行う予定であったが、ベルツ帝国の騒動があって少し延期されて、冬になってしまった。

ただの留学生だと思われていたクロエがジャナキ王国の王女で、しかもこの国の王族に嫁ぐのだと知って驚く者もいたが、もうあの学園には、身分で態度を変えるような生徒はいない。

(よかった。あの学園も、少しずつ変わっていたのね)

それを聞いて、アメリアも安堵した。

しかも他国との交流が盛んになったことで、他国の事情や王族に詳しい者もいて、クロエが王女であることに気が付いていたようだ。

でも公式な発表がないので、公言すべきではないと悟ってくれたらしい。

公表後は、たくさんの祝いの言葉をもらったと、クロエが嬉しそうに語ってくれた。

この春に、エストも正式に学園長となった。

生徒たちとも積極的に関わって、その意見を聞き、良いと思ったことは取り入れているようだ。

これからも学園はますますよくなっていくだろう。

つらいこともたくさんあったが、最後には笑顔で卒業することができる。

アメリアは卒業式のあとに、学園の中をひとりで歩いた。

サルジュと出会った、新入生歓迎パーティの会場。

ここで、初めて彼と踊った日のことを思い出す。

ダンスは好きだった。でも婚約者のリースがダンス嫌いで、ほとんど踊ったことはなかった。

楽しかったと、思わず笑みが零れた。

これからも、サルジュと踊ることはあると思うが、あの日の思い出はいつまでも忘れないだろう。

(校舎の角で、ぶつかってしまったこともあったわ)

足をくじいてしまったクロエを、抱き上げて運んでくれた。

（そのときに、ユリウス様とも出会って……）

自由に振舞うサルジュに、困り果てていたユリウスの姿を思い出す。

今はサルジュも、周囲を振り回すことはなくなった。ベルツ帝国の一件から、魔法に関しては、エストにもよく相談するようになったようだ。

熱中すると時間を忘れてしまうのは相変わらずだが、アメリアもときどきやってしまうので、サルジュのことは強く言えない。

（でも、なるべく気を付けないと）

中庭にある噴水は、マリーエと初めて出会った場所だ。

あのときは、サルジュに提出するために頑張ってまとめた資料を、バッグごと噴水の中に落とされてしまい、努力が無駄になった悲しさよりも、周囲の悪意にショックを受けた。

そんな中、周囲の人間がおかしいとはっきりと言ってくれたマリーエは、今でも一番大切な友人だ。

そうして、サルジュと色々な植物や花を植えた裏庭。

もう何もないと思っていたのに、白い綺麗(きれい)な花がたくさん咲いていて、アメリアは息を呑(の)んだ。

「これは、サルジュ様が？」

ここに立ち入る者はほとんどいない。

サルジュが学園を卒業してからは、アメリアも来ていなかった。

（それなのに……）

この白い花は、サルジュが品種改良をして作り出したものだ。

卒業の際に、アメリアが思い出のこの場所を訪れると思い、花を咲かせてくれたのだろう。

「こんなに素敵な卒業祝いを頂けるなんて」

白い花にそっと触れて、アメリアは微笑(ほほえ)んだ。


アメリアが学園を卒業してまもなくのこと。

ビーダイド王国第四王子サルジュと、アメリアの結婚式が執り行われた。

その日は、快晴だった。

空は青く澄み渡っていて、やや寝不足の瞳には痛いくらいだ。

「アメリアったら。もしかしてまた、魔法の研究に熱中していたの？」

朝早く、準備を手伝うために部屋を訪れたマリーエは、心配そうに言った。

「結婚式の前なのに」

「ち、違うの」

アメリアは首を振る。

「昨日は早く寝ようと思って、夕食後すぐにベッドに入ったのよ」

「それは少し、早すぎたわね」

「でも、全然眠れなくて……」

いよいよサルジュと結婚すると思ったら、色々なことを思い出してしまって、まったく眠れなくなってしまった。

結局、空が白くなるまで起きていたというと、マリーエはため息をついた。

「それなら、わたくしの部屋に来ればよかったのに。結婚式前に、友人の家に集まってお泊まり会をするというのも、最近は流行っていると聞いたわ」

「そうね。それがよかったのかもしれない」

いつものメンバーで集まれば、あんなに緊張して、朝まで眠れない夜を過ごすこともなかっただろう。

「次はそうする」

「……次って」

呆れたようなマリーエの声に、アメリアは慌てて否定する。

「違うの。わたしじゃなくて、来年の夏に行われる予定の、クロエとエスト様との結婚式のことよ」

同い年ということもあって、クロエともすっかり親しくなり、名前で呼び合う仲である。

そんなクロエも来年の夏にはエストと結婚して、正式にこの国の一員となる。

彼女も色々なことがあっただけに、結婚式の前は、アメリアと同じく、眠れなくなってしまうかもしれないと考えたのだ。

「ああ、そういうことね。驚いたわ。結婚式の日に何を言っているのかと」

「わたしには、サルジュ様だけだから……」

顔を真っ赤にしてそう言うアメリアに、マリーエはくすくすと笑う。

「でも、そうね。せっかく特注のベッドを王城まで運んでもらったのだから、たまにはお泊まり会をしないとね」

ほとんどが王城に住んでいるメンバーで、お泊まり会と言えるのだろうか。

アメリアは少し考えたが、こういうのは形式ではなく気分の問題だと思い直す。

「今日は結婚式のあとに夜のパーティもあるし、長い時間よ。大丈夫？」

「ええ、もちろん大丈夫」

アメリアは笑顔で言った。

たしかに寝不足だが、ずっとこの日を心待ちにしていたのだ。

朝から時間をかけて、念入りに身支度をする。

この日のために仕立てられたウェディングドレスは、小柄なアメリアでも似合うように、義母となる王妃とソフィアが考え抜いてくれたものだ。

可愛らしいが上品なデザインで、衣装合わせの際には、マリーエもクロエも、よく似合っていると褒めてくれた。

自分には勿体(もったい)ないくらい素敵なドレスだと思うが、気になるのはサルジュが気に入ってくれるかどうかだ。

サルジュがアメリアを愛してくれたのは、主に内面を気に入ってくれたからだと思う。

魔法や植物学など、興味を引かれるものが同じで、熱中してしまうと周りを忘れてしまうところもよく似ている。

一緒にいて、心地よい関係だ。

これから長い年月をともにするのだから、きっとこういう間柄の方が、互いにしあわせになれるのだろう。

（でも今日くらいは、綺麗だと思ってもらいたい。サルジュ様のために精いっぱい着飾った姿を、見てほしい……）

そう思っていたのに、ほとんど眠れずに朝を迎えてしまった。

これではもう難しいのではないかと嘆いたが、王城のメイドたちの腕は見事で、アメリアも驚くくらい綺麗に仕上げてくれた。

「わぁ……」

鏡を見て思わず感嘆の声を上げたアメリアに、マリーエが笑った。

「そうよね。そう思うわね。わたくしも、魔法をかけてもらったのかと思ったくらいだわ」

マリーエは最初から綺麗じゃない、と言いかけたが、そういう問題ではないのだろう。

いつもの自分と比べて、どれだけ綺麗になったのかが、大事なのだ。

地方の領地から訪れた父と母も控室を尋ねてきて、ウェディングドレスを着たアメリアの姿に涙ぐんでいた。

「アメリアには、私のせいで苦労をかけてしまった。すまない」

そう謝罪する父に、本当にその通りだと少し思ったけれど、そのおかげで今はしあわせなのだからと思い直す。

「お父様、お母様。今までありがとうございました。レニア領を継げなくて、ごめんなさい」

「アメリアは、もっと大きなものを背負うことになったのだから、気にしなくてもいいのよ」

母は優しくそう言って、アメリアをそっと抱きしめてくれた。

「それに、あなたがしあわせなら、もう何も言うことはないわ。たまには帰っていらっしゃい」

「うん、ありがとう」

父は今から号泣してしまい、母に叱られながら控室を出ていく。

アメリアの両親として、これから色々なところに挨拶に行かなくてはならないようだ。

地方貴族なのに娘が王子妃になってしまい、苦労をかけてしまうと思う。

しかも母だけではなく父も、娘のしあわせのためなら、そんなものは苦労とは言わないと笑ってくれた。

従弟のソルと、婚約者のミィーナも会いにきてくれた。

「お義姉(ねえ)さま、とても綺麗です」

ミィーナは、アメリアを義姉と呼ぶようになっていた。

来年、学園を卒業したら、ソルはアメリアの両親の養子となり、アメリアの義弟(おとうと)となることが決まっている。色々と話し合いを重ねたが、ソルには兄弟もいるし、それが一番良いということになったようだ。

たしかに養子になれば、もうソルはレニア伯爵家の人間だ。その相続に、横槍(よこやり)を入れる者はいなくなるだろう。

レニア伯爵家はアメリアの結婚によって王家と縁続きになるため、その相続の手続きも複雑になってしまうらしい。

でもこれでミィーナはアメリアの義妹で、その兄であるカイドは、アメリアにとっても義兄になる。

そのカイドの妻となる護衛騎士のリリアーネとも、縁続きになれるのだ。

（お泊まり会のメンバーは、全員親戚になるのね）

これでは友人同士のお泊まり会ではなく、ただの親戚の集いではないかと、アメリアはひそかに笑う。

でも大切な友人たちと縁続きになれるのは、とても嬉しいことだ。

「ありがとう。サルジュ様も気に入ってくださるかしら？」

素直なミィーナなら、きっと正直な感想を言ってくれる。

そう期待して尋ねると、ミィーナは何度も頷いた。

「もちろんです。絶対に、サルジュ様もお義姉さまに見惚(みほ)れてしまいますよ」

はっきりと言ってくれて、ほっとする。

少し緊張しながら、儀式の開始を待っていると、控室にサルジュが入ってきた。

サルジュの正装に思わず見惚れていると、彼の視線がまっすぐにアメリアに向けられる。

「あ、あの……」

何か言わなくては、と思わずそう口にしたが、言葉が出てこない。

「えっと……」

「アメリア」

頬に、温かい感触がした。

サルジュの手が、そっとアメリアの頬に添えられている。

「とても、綺麗だよ。他の誰よりも、アメリアが一番綺麗だ」

一番になりたい。

そう言ったことを、サルジュは覚えていてくれた。

式の前に泣いてはいけないと思うのに、自然に零れてきた涙が、頬に触れているサルジュの手を伝って流れる。

「わたしも、サルジュ様が一番です。これから先も、ずっと」

涙を零しながら、アメリアは微笑む。

「こんなにしあわせな結婚ができるなんて、あのときは想像もできませんでした」

――こうしてふたりが結ばれるのは、運命だったのよ。

そう言ってくれた王妃の言葉が、頭に浮かんだ。

アメリアも、サルジュと出会ったのは運命だったのだと、疑うことなく信じている。

結婚式には、たくさんの人たちが参列してくれたようだ。

ベルツ帝国からも、皇帝代理としてリリアンが来てくれた。

正装した彼女はとても美しく、ベルツ帝国民らしくない容貌を訝しむ者もいたが、アレクシスは彼女のことを正式に身内だと紹介した。

「リリアンは、ベルツ帝国の皇妃になるかもしれない」

驚くアメリアに、サルジュがそう囁いた。

だからこそ、アレクシスもその出自を明確にしたのだろう。

さすがにアロイスのことは伏せられているが、リリアンは隠れるのをやめ、表舞台に出る決意をした。

(リリアンさんはビーダイド王国の王家の血を引いているから……)

彼女を妻にすれば、カーロイドはアレクシスたちとも縁ができる。

魔力を持つ子どもも生まれてくるかもしれない。

アメリアの目には、リリアンも、カーロイドに対して好意を持っているように見えた。

カーロイドとベルツ帝国にとって、リリアンの存在は希望となるだろう。

たくさんの人たちに見守られ、祝福されながら、アメリアはサルジュと永遠の愛を誓う。

アメリアの指には、サルジュが制作してくれた結婚指輪がある。

魔導具ではあるが、デザインもとても美しい。

金細工に、エメラルドとサファイアの宝石が並んでいた。

サルジュがずっと前から、忙しい合間にこの魔導具を考案していたことを、アメリアは知っていた。

あのサルジュが、何度も試作品を作り、改良を重ねた渾身(こんしん)の魔導具だ。

それを結婚指輪としてアメリアに贈ってくれたのだ。

誓いのキスで初めて触れた唇に、アメリアは真っ赤になってしまい、サルジュはそんなアメリアを愛しそうに抱きしめる。

少し休憩を挟んだあとは、次は夜のパーティの準備に追われた。

パーティ用のドレスは、白にするかサルジュの瞳の緑にするか、ソフィアと王妃もかなり悩んだらしい。

でも婚約披露パーティも白いドレスだったのだからと、今度は緑色のドレスになった。

落ち着いた翡翠(ひすい)のような色のドレスはデザインも大人っぽく、かわいらしい感じだったウェディングドレスとは、まったく違うデザインだ。

「アメリアも、もう王子妃ですからね」

準備を終えたアメリアを見て、ソフィアもマリーエも上機嫌でそう言う。

「大丈夫、かな？　似合う？」

何度も鏡を見て確認する。

「もちろん。ただ、スカートの裾が少し長いから、ダンスのときは気を付けてね」

「ええ、わかったわ」

そう忠告されていたのに、パーティが始まり、サルジュとファーストダンスを踊っていたときに、ついスカートの裾を踏んでしまい、転びそうになった。

「きゃっ」

でも、サルジュが危なげなく支えてくれた。

その腕に摑まってほっとする。

さすがに、結婚式のパーティのダンスで転びたくない。

「サルジュ様、少し背が伸びましたか？」

新入生歓迎パーティで、初めて踊ったときに比べて目線が高いことに気が付く。

そう尋ねると、サルジュは嬉しそうに頷いた。

「うん。もうユリウス兄上と変わらないよ」

そう言われてみれば、そんな気もする。

思わずユリウスとサルジュを見比べると、それに気が付いたユリウスが少し複雑そうな顔になる。

「わたしなんか、昔とそんなに変わらなくて」

背も伸びず、なかなか学園を卒業しても大人びた体つきにならない自分の体を見て嘆くと、サルジュはアメリアの手を握る。

「アメリアはそのままでいい。アメリアの、好奇心の強くて、謙虚なところ。集中力。困っている人を放っておけない優しさ。虐げられても折れない強さ。すべて、愛しいと思っている」

「サルジュ様……」

普段はあまり言葉にしないサルジュが、こんなことを言ってくれるなんて思わなかった。

結婚式前は、見た目も好きになってほしい。綺麗だと言ってほしいと願っていた。

でもアメリア自身を、アメリアという人間を好きになってもらえる方が、こんなにも嬉しく、得難いことなのだと知った。

「わたしもサルジュ様のことが好きです。サルジュ様と出会えたことで、わたしの人生は光を取り戻しました」

煌めく金色の髪に、光属性の魔法。

サルジュはアメリアの人生を、これからも照らしてくれる光だ。

そんなアメリアの言葉に、サルジュは嬉しそうに笑う。

ほとんど表情を変えず、いつも淡々としていて、まるで人形のようだと言われていた第四王子の満面の笑顔に、周囲の人間が驚いた様子でざわめく。

けれど親しい身内にとっては、アメリアと一緒にいるときの、いつものサルジュだ。

ファーストダンスが終わり、アメリアはサルジュから少し離れて、マリーエやクロエ。そしてミィーナや研究所の同僚たちと話をする。

祝福の言葉に笑顔で答えていると、ふと誰かがこちらを窺っていることに気が付いた。

「あ……」

見覚えのある顔に思わず声を上げると、彼女は思い切った様子で声を掛けてきた。

「あ、あの……。アメリア様、ご結婚おめでとうございます。私、あの日のことを謝りたくて」

「エリカさん」

学園の寮に入ったとき、隣の部屋だったエリカだった。

親しくなり、友人になれるかもしれないと思っていたのに、リースに陥れられたアメリアの評判を聞き、巻き添えになることを恐れて、去っていったのだ。

顔も知らない、誰かも知らない人に嫌われるよりも、親しく言葉を交わしたエリカに嫌われて、ショックを受けたことを思い出す。

（でも……）

エリカは勇気を出して、こうして謝罪してくれた。

マリーエやクロエと一緒にいるアメリアに声を掛けるのは、とても勇気が必要だったに違いない。

もしかしたら、アメリアが特Aクラスに入り、普通の授業に通わなくなってからも、あのときのことをずっと後悔していたのかもしれない。

「ありがとう」

だから、アメリアは笑顔でそう答えた。

「あのときのことも、もう気にしないで」

もう一度友人になれるとは、さすがに思えない。それでもずっとあの日の後悔を抱えてほしくはない。

「アメリアは、優しすぎるわ」

少し休もうと休憩室に移動すると、一緒にいたマリーエが呆れたように言う。

アメリアは何も言わず、ただ笑顔を向けた。

アメリアだって、誰かをうらやんだり、嫌な感情を覚えることはある。

でも、サルジュにふさわしい人間になりたいと思うと、そんな感情はすぐに消えていく。

満たされたアメリアの笑みに、マリーエも納得したように頷いた。

「でも、そうね。それが、アメリアだったわ」

どの瞬間を思い出しても、最高だったと思えるような一日だった。

これからはサルジュと、どんなときも離れることはない。

ずっと一緒にいられる。

そう思うと、今日がしあわせの絶頂期ではなく、始まりの一歩だということがよくわかる。

これからもこの幸福な時間が続くように、精いっぱいがんばろう。

一日の終わりに、サルジュと一緒に月を眺めながら、アメリアはそう誓う。


結婚式が無事に終わってから、しばらくしたある日。

アメリアは、サルジュと一緒にアレクシスに呼び出されていた。

最近のアレクシスはいつも忙しそうで、朝食こそ一緒に食べるが、夕食は不在のことが多かった。

それも四人の父である国王陛下が、そろそろ退位したいと口にしたことがきっかけだ。

四人の息子が全員、魔法学園を卒業して成人したとはいえ、まだ第二王子のエストは結婚していないし、年も引退には程遠い。

若くして国王になり、様々な問題と向き合ってきた国王陛下は、頼もしい息子たちに後を任せ、穏やかな時間を過ごすことを望んでいた。

たしかに王太子のアレクシスは頼もしく、待望の長男も生まれている。

三人の弟たちも全員王家に残り、兄を支えると決めていた。

国同士の関係も良好である。

譲位するには、良い時期であることもたしかだった。

アレクシスはそんな父の願いを叶えるべく、即位に向けて動き出していた。

そんな忙しいアレクシスからの呼び出しに、アメリアは少し緊張していた。

アレクシスが即位すれば、サルジュは王弟となる。

ライナスが生まれたことによって王位継承権からは遠ざかり、以前よりもずっと自由な日々を過ごしているサルジュだったが、王弟となれば、また忙しくなるのかもしれない。

アメリアもその妻として、王家のために尽力する覚悟はあった。

けれどアレクシスが告げたのは、予想とはまったく違うことだった。

「これから忙しくなるだろうから、今のうちに一か月くらい、休暇を取ればいい」

アレクシスはその休暇が、兄弟たちからの結婚祝いだと告げたのだ。

「ふたりとも、学園の長期休暇のときでさえ、視察や研究を続けていただろう？　さすがに護衛は必要だが、どこで過ごしてもかまわないぞ」

国外でも良いというアレクシスに、アメリアは戸惑ってサルジュを見上げる。

たしかに長期休暇の際も、視察や研究などをして過ごしていたが、ふたりとも、半分は趣味のようなものだ。

（でも……）

どのみち、いつものように珍しい植物の観察や魔法の実験になってしまうかもしれないが、サルジュとふたりきりで過ごす休暇は、かなり魅力的だった。

行き先はベルツ帝国か、それとも農業が盛んだったジャナキ王国か。

そんなアメリアの予想に反して、サルジュは静かに言った。

「それなら、アメリアのレニア領に」

「え？」

まさかそんな答えが返ってくるとは思わず、つい声を上げてしまう。

だが、驚いたのはアレクシスも同じだった。

「たしかにレニア領は素晴らしい場所だが、長期休暇ではなくとも行ける場所だぞ？」

公務や研究所の視察でもなく、一か月も何もしなくともよい休暇があるのだから、普段は行けない場所が良いのではないか。

そう言われても、サルジュの考えは変わらなかった。

「あの場所で、ゆっくりとした時間を過ごしてみたいと、ずっと思っていました」

その言葉に、サルジュの部屋にあった風景画を思い出す。

サルジュはアメリアが思うよりもずっと、あの場所を愛してくれているのかもしれない。

そう思えば、躊躇(ためら)う理由はなかった。

「アメリアにとっては里帰りになるが、かまわないか？」

「はい、もちろんです」

サルジュはアメリアに行きたい場所があれば、そちらを優先すると言ってくれたが、サルジュと一緒に過ごせるのならば、どこでもよかった。

むしろ最後の学園生活の長期休暇では一度も帰っていないので、嬉しいくらいだ。

そう答えて、急いで両親に手紙を出す。

それに今の時期は、ちょうど色々な種や苗を植え終わっている。これから夏にかけて、その成長を見ることができるだろう。

両親から慌てた様子で、それでも歓迎するという手紙を受け取った翌日。

アメリアはサルジュとふたりで、レニア領に向けて出発した。

馬車でゆっくりと進む旅も、随分とひさしぶりかもしれない。

サルジュは馬車の外を眺めたり、珍しい花を見つけては馬車を止めて見に行ったりと、この旅を楽しんでいるようだ。

護衛としてカイドとリリアーネも同行しているが、ふたりは別の馬車で並走しているので、この馬車の中にはサルジュとアメリアだけだ。

今までは緊急時を除いて、図書室以外でふたりきりになることはなかった。

こんなときに、結婚して夫婦になったのだと実感する。

しばらくしてレニア領に入り、サルジュはいつもの場所で馬車を止めた。

少し離れたところにカイドとリリアーネの馬車も止まり、こちらを見守ってくれている様子だ。

アメリアもサルジュに続いて馬車を降り、ひさしぶりの故郷の農地を眺める。

「もし私が王族ではなかったら、アメリアと一緒にこの地を継ぐ。そんな未来もあったかもしれないね」

ひとりごとのように呟かれた言葉に、アメリアは顔を上げた。

「サルジュ様……」

彼は、そんな未来を夢見たことがあるのだろうか。

このビーダイド王国全体ではなく、このレニア領のことだけを考え、発展させていく。

想像しようとしたが、そんなサルジュの姿はあまりうまく浮かばなかった。

彼は、地方の田舎だけに収まるような人ではないのだろう。

それに、やはりアレクシスとエスト、そしてユリウスがいて、ソフィア、マリーエ、そしてクロエがいる。

従弟のソルや、ミィーナ。そして、カイドとリリアーネ。

みんなが傍にいてくれる今の方が、ずっと良い。

「わたしは今の方がしあわせです」

そう言うと、サルジュはアメリアを見つめたあとに、優しく微笑んだ。

「そうだね。そう思うよ。少し、歩こうか」

「はい」

アメリアはサルジュと並んで歩いた。

広い農地には、たくさんの農作物が植えられている。

サルジュはそんな景色を、慈(いつく)しむような優しい瞳で見つめていた。

いつか、この景色も描くのだろうか。

サルジュの部屋に美しい風景画が飾られる様子を想像しながら、アメリアは先を歩くサルジュの手を取り、指を絡ませた。

土を踏み固めただけの質素な道の傍に、アーモンドの花が咲いている。
それはあの日と同じ花で、けれどアメリアの目には、まったく違う光景のように見えた。

書き下ろし番外編

# それぞれの夜　アレクシスとソフィア

静かな夜だった。

ビーダイド王国の王太子妃ソフィアは、まだ小さな息子の手をそっと握り、慈愛に満ちた優しい笑みを浮かべる。

生まれたばかりの息子はすやすやと眠っている。

その愛らしい寝顔に、心が愛(いとお)しさで満ちていく。

（こんなに穏やかな気持ちで、この子を迎え入れられるなんて思わなかったわ）

王太子のアレクシスと婚姻を結んだときから、ソフィアは義母(はは)となった王妃に繰り返し言われてきたことがあった。

それは、魔力の高い子どもを育てるには、かなりの覚悟が必要だということだ。

王太子であるアレクシスは魔力がとても高く、それはその子どもにも、間違いなく受け継がれるであろう。

もちろんソフィアも、それは承知している。

むしろ多少の危険はあったとしても、ビーダイド王国の貴族として生まれたからには、王太子に嫁ぐのはこの上なく名誉なことだ。

（たしかに最初は、私も少し心配だったわ。でも……）

妊娠がわかったとき、覚悟していたソフィアよりも、夫のアレクシスの方がずっと不安そうだった。

普段は堂々とした態度を崩さない彼が、ソフィアが少し体調を崩しただけで、朝までずっと付き添うほど過保護になってしまった。

夫婦になってから数年が経過していたが、ソフィアもそんなアレクシスを見るのは初めてだった。

もちろん、最初は戸惑った。

でもそれが彼自身の幼少期の経験のせいだと知っているだけに、ソフィアも強く拒絶することができずにいた。

（だってあんなに強い人が、まさか私が体調を崩しただけで、あんなにも不安そうな顔をするなんて）

ビーダイド王家の嫡男として生まれたアレクシスは、両親を上回るほどの強い魔力を持っていた。

まだ幼い頃はそれをコントロールすることができず、魔力を暴走させて物を壊すことや、誰かに傷を負わせてしまうこともあったそうだ。

そんな魔力の暴走に、誰よりもアレクシス自身がショックを受けていた。

見かねた国王が、落ち着くまで、王家の所有する別荘に彼を隔離することにしたらしい。

（アレクシスはその幼少期のことを、私に語ったことは一度もなかった。簡単には語れないくらい、つらい経験だったのでしょうね）

子どもの頭を撫でながら、そう思う。

もしアメリアが提案してくれた魔導具がなければ、この子もそうなっていたのかもしれない。

だからアレクシスもソフィアの妊娠がわかってからは、子どもも自分と同じようになってしまうのではないか。

魔力の強い子どもを宿すソフィアにも悪い影響があるのではないかと、過剰に心配していたのだろう。

もともと、家族愛の強い人である。

妻のソフィアや弟たちはもちろん、その婚約者にも心を配り、普段から何か困ったことはないのかと見守っているくらいだ。

普段のアレクシスは、堂々とした立派な王太子だ。

この国で一番の魔力を持ち、疲れなど知らないかのように、積極的に動き回る。

時折、身分にふさわしくない行動も見受けられるが、自分の能力を正確に理解していて、無謀なことはしない。

だからソフィアも、各国を飛び回る彼を心配しながらも、最悪なことにはならないだろうという安心感を持っていた。

だがそのアレクシスが、今日はソファに座ったまま眠ってしまっている。

「珍しいわね」

思わずそう呟(つぶや)いて、ソフィアはライナスと名付けた息子から離れて、彼の傍に座った。

末弟であるサルジュがベルツ帝国に向かったまま戻らず、それを聞いたアレクシスは、彼の婚約者であるアメリアを連れて、救出に向かっていた。

そこで、よほど魔力を使うようなできごとがあったようだ。

ようやく戻ってきたアレクシスは、弟たちの手前、部屋に戻るまでは平然としていたようだが、そのままソファに座り込むようにして眠ってしまった。

何度もベルツ帝国とこの国を往復していたので、さすがにその疲れもでたのだろう。

アレクシスは、これからますます忙しくなっていくと思われる。

まだ他の王子たちには伝えていないようだが、国王である義父は、そろそろ引退を仄(ほの)めかしているのだ。

息子たちが全員成人したとはいえ、まだ若いはずの王だが、アレクシスに王位を譲りたいと思っている様子だ。

国王も若くして王位を継ぎ、ひとりでこの国を支えてきた。

頼もしい息子たちに後を任せて、これからは静かに過ごしたいのだろう。

公式な発表はまだまだ先になるだろうが、アレクシスはその父の願いを叶(かな)えるべく、即位に向けて動き出している。

さすがにアレクシスも疲れているのだろう。

彼がこんな姿を見せるのは、ソフィアの前でだけだ。

そう思うと、息子に対する愛とはまた違う愛が、ソフィアの胸に満ちる。

「そんなに完璧じゃなくてもいいのよ」

ソフィアは、アレクシスの金色の髪を撫でながら、そう呟いた。

三人の弟たちは全員が王家に残り、これからもアレクシスを支援すると言ってくれた。

ソフィアにも、マリーエ、アメリア、そしてクロエと、心強い仲間ができた。

誰かひとりが苦労するのではなく、皆で助け合い、支え合って、この国を守っていきたい。

ソフィアはそう願っている。

書き下ろし番外編

# それぞれの夜◆エストとクロエ

もうすぐ、婚約披露パーティがある。

ビーダイド王国の王城にある図書室で、魔法学園の課題に取り組んでいたクロエは、ふとそれを思い出して、何だか落ち着かない気持ちになった。

南方にあるジャナキ王国から留学しているクロエは、その国の第四王女である。

色々とあったが、ようやくこのビーダイド王国の第二王子エストの正式な婚約者になることができるのだ。

それはとても喜ばしいことだが、クロエには心配ごとがふたつあった。

ひとつは、発表を聞いた友人たちの反応だ。

クロエは魔法学園での友人にも、自分がジャナキ王国の王女であり、エストの婚約者であることを伝えていなかった。

(きっと留学生だということは、わかっているだろうけど……)

このビーダイド王国では皆、肌の色が白く、クロエのような褐色の肌はとても目立っていた。

王女としての身分を隠し、ただの一生徒として魔法学園に通っていても、留学生であることは見ただけでわかってしまうだろう。

（それに、ジャナキ王国では魔法を使える人が減っているから……）

クロエが王族、または王族に近い血筋であることは、学園の生徒もきっと気が付いているのではないかと思う。

それでも公表していないのなら口にするべきではないと思ったのか、誰もクロエの身分について尋ねる者はいなかった。

だから友人たちも、うすうすは気付いているに違いない。

（エスト様も、友達には話してもよいと言ってくださったのに）

それなのに未だに何も伝えていない。

せっかくできた友人を失ってしまうかもしれないと思うと、怖かったのだ。

それでも公式発表の前に、きちんと自分の口から伝えるべきだろう。

もうひとつの心配ごとは、婚約披露パーティのために仕立ててもらっているドレスのことだ。

王太子妃のソフィアと王子妃のマリーエ。そして第四王子サルジュの婚約者であるアメリアが、そのドレスについて色々と相談に乗ってくれた。

ジャナキ王国のデザインが良いか、それともビーダイド王国のデザインが良いかと聞かれて、クロエは迷わずにビーダイド王国のデザインを選んだ。

祖国のジャナキ王国では動きやすい衣装が好まれ、暑い国のせいか、肌の露出も多めである。

でもクロエは、外交のためにジャナキ王国を訪れたアメリアが着ていた美しいドレスに魅せられて、ずっとあんなドレスが着たいと憧れていた。

（でも……）

クロエの見た目は、ビーダイド王国の人間とは少し異なる。

綺麗なドレスを仕立ててもらえるのは嬉しかったが、似合わないのではないかと不安だった。

しかもビーダイド王国の王族は皆、容姿に優れていて、婚約者であるエストも、かなりの美形である。

だがクロエは背が高く、髪色も茶色で、ジャナキ王国では平凡な容姿だった。王女に生まれていなければ、その他大勢の中に埋もれてしまっていただろう。

そんな彼の隣に、似合わないドレスを着て立つのかと思うと、逃げ出したくなる。

「もうジャナキ王国に逃げ帰ってしまいたい……」

思わずそう呟くと、何か重いものを落とすような音が聞こえてきて、思わず顔を上げた。

「クロエ？」

聞きなれた声がした。

見ると、図書室の入り口にエストが立っている。

今の音は、彼が手に持っていた本をすべて落としてしまった音のようだ。

「エスト様、大丈夫ですか？」

クロエは思わず彼に駆け寄った。

エストはあまり体が丈夫ではなく、子どもの頃はほとんど部屋から出ることができなかったらしい。最近は体調もかなりよくなっていて、日常生活を送るには支障はないようだが、それでもクロエは心配だった。

「どこか苦しいのですか？　誰か呼んできた方が……」

「私なら大丈夫だ。それよりも、どうしてジャナキ王国に帰りたいなど……」

「あ……」

あのひとりごとを聞かれてしまったかと思うと恥ずかしくなって、クロエは視線を逸らした。

「どうか忘れてください……」

小さな声でそう囁くのが、精いっぱいだった。

「もしクロエが望まないのであれば、いつでも婚約は白紙に戻すよ」

「え？」

だがエストの答えは、クロエの想像とはまったく違うものだった。思いがけない言葉に、恥ずかしさも忘れてエストを見上げた。

「婚約を、白紙に？　どうして？」

「私は、クロエにはふさわしくない。年齢もかなり上だし、それにこんな体だ」

「そんなことはありません！　むしろ私の方が子どもっぽくて、エスト様にはふさわしくないかと思っていました。お体のことも心配ですが、そんなエスト様をお傍で支えることができればと思っています！」

婚約を、解消したくない。

そう思ったクロエは、必死にそう訴えた。

「では、どうしてジャナキ王国に帰りたいなどと」

そう言われて、クロエは恥ずかしさに真っ赤になりながらも、ドレスが似合うか心配だったからと伝えた。

エストはそんなクロエの言葉を笑い飛ばすことなく、真剣に聞いてくれた。

「私たちの義姉になるソフィア王太子妃殿下は、とてもセンスのいい人でね。似合わないものは、絶対に勧めない。だから彼女が選んでくれたのなら、間違いなく似合うはずだよ」

そう言ってエストはクロエを安心させるように、優しい笑みを浮かべた。

「きっときれいだろう。今から楽しみだ」

「……ありがとう、ございます」

不安が、エストのひとことで綺麗に消えていく。

単純かもしれないが、エストの言葉なら素直に信じられる。

きっと彼という人間を、クロエが心から信用しているからだろう。

そんな人と、婚約することができる。

いずれ、結婚することができる。

そう思うと、不安も綺麗に消えて、クロエはしあわせそうに微笑んだ。

書き下ろし番外編

# それぞれの夜　ユリウスとマリーエ

兄弟全員が揃(そろ)った夕食を終え、図書館に向かうアメリアとサルジュに、マリーエはあまり遅くならないように、無理はしないようにと、よくよく言い聞かせた。

婚約者だった第三王子のユリウスと結婚し、王家の一員となってから、毎日のように言っている気がする。

（わたくしったら、まるで過保護な母親ね）

自分の部屋に戻りながらそんなことを思い、くすりと笑ってしまう。

アメリアは申し訳ないと思っているようだが、マリーエ自身は、こうして誰かの世話をすることは嫌いではなかった。

一歳年下のアメリアはもちろん、同い年のサルジュでさえ、手のかかる弟のように思えてしまう。

実際にサルジュはマリーエの義弟になったのだから、間違ってはいないだろう。

上機嫌で部屋に戻ると、机の上にいくつか、贈り物が置いてあることに気が付いた。

「……ユリウス様ったら、また」

思わずそう呟(つぶや)き、マリーエはため息をついた。

夫となったユリウスは、マリーエと同じく、弟のサルジュとその婚約者であるアメリアを気遣い、無理をしがちなふたりを止める役目を担うことが多い。

厳しいところもあるが、家族を大切にする優しい人だ。

(でも……)

婚約者のときはそうでもなかったのに、結婚して正式に夫婦になってから、ユリウスはマリーエにもとても甘くなった。

こうして定期的に贈り物をしてくれるし、外交で他国に赴いた際には、必ずマリーエのために土産を買ってきてくれる。

大切にしてもらっているのだろう。

そう思うと嬉しいが、これほど頻繁だと少し困ってしまう。

贈り物を開けてみると、小さな箱は宝石をあしらった装飾品。そして大きな箱は、それに合わせたドレスだった。

ユリウスは先日まで、ニイダ王国に赴いていた。

鉱山がたくさんあり、宝石の採掘場としても有名な国なので、そこで購入したのだろう。

だが、今までもドレスもたくさん贈ってもらったので、まだ着ていないドレスもあるほどだ。

少し贈り物を控えるようにお願いした方が良いかもしれない。

そう思っていると、ちょうどユリウスがマリーエの部屋を訪れた。

「ユリウス様」

会いに行こうと思っていたところだったので、専属のメイドよりも先に扉に向かい、彼を迎え入れる。

そんな行動をしてから、これではまるでユリウスに会いたくてたまらなかったようだと、少し恥ずかしくなる。

「マリーエ、どうした？」

赤い顔をしているマリーエを心配して、ユリウスがそっと手を伸ばす。

夫婦になったとはいえ、まだそれほど時間は経過していないので、まだ少し気恥ずかしい。

「大丈夫です。ただ、ちょうどユリウス様に会いに行こうとしていたので、驚いてしまって」

「ああ、そうだったのか」

ユリウスは納得したように頷き、机の上に置かれていた髪飾りを手にとって、それをマリーエの髪につける。

「うん、いいね。マリーエに似合いそうだと思ったんだ」

笑顔でそう言われてしまい、もう贈り物はやめてほしいと思っていたのに、何も言えなくなってしまう。

「ドレスも、ありがとうございました。ですが……」

「首飾りは特注にしたから、後で届くだろう」

「え？」

さらに首飾りまで注文していたのかと、マリーエは慌てた。

「あの、ユリウス様。さすがに贈り物が多すぎます。わたくしはこんな外見で派手好きに見られるかもしれませんが、実はそんなことはなく……」

昔から華々しい外見に加えて実家が裕福だったものだから、派手好きで浪費家に見られることが多かった。

でも実際は、気に入ったものを長く使いたい方だし、両親も事業を営んでいるので、なかなか倹約家である。

「ああ、知っているよ。マリーエが見た目よりも優しくて面倒見がいいことも、質素な生活を好んでいることも。でも、どうしてもマリーエに贈り物をしたくなってしまう。きっと兄上たちも、サルジュも同じだろうね。俺たち兄弟は、愛する人には尽くしたくなる性質だから、そこは我慢して受け入れてほしい」

「え？」

そう言えば王太子妃のソフィアも、専用のクローゼット部屋を持っていた。

王太子妃となると大変だ、くらいにしか思っていなかったが、たしかにこのペースで贈り物を続けられてしまえば、そうなっても不思議ではない。

「……困ったご兄弟ですね」

いずれアメリアも第二王子エストの婚約者であるクロエも、たくさんの贈り物に悩む日が来るのだろう。

そう思うと微笑(ほほえ)ましい気持ちになって、マリーエは表情を和らげた。

でもアメリアがサルジュから贈られた指輪を大切にしているように、マリーエも、ユリウスが自ら製作して、贈ってくれた魔導具の腕輪を何よりも大切にしている。
これに勝る装飾品は、ないだろう。
毎日のように、しあわせだと心から思う。
そんな日が来るなんて、孤独な学園生活を送っていた頃は思わなかった。
（アメリアのおかげだわ）
大切な親友の顔を思い浮かべて、マリーエは微笑んだ。

書き下ろし番外編

# それぞれの夜◆サルジュとアメリア

資料を読み込み、データの分析をする。

やっていることは、図書室にいるときとまったく同じなのに、それがサルジュの部屋というだけで、少し緊張してしまう。

アメリアは、そっと目の前にいるサルジュを見つめた。

婚約者だった頃は、ほとんどの時間を王族の居住区にある図書室で過ごしていた。

でも夫婦となった今は、サルジュの部屋にいることも増えている。

そうは言っても、彼の部屋は図書室とそう変わらない。

たくさんの本や資料があり、今日も図書室よりも資料が揃っているという理由で、夕食後、まっすぐにサルジュの部屋に来ただけだ。

それでもサルジュの部屋というだけで、何だか落ち着かない気持ちになってしまう。

「アメリア?」

ふと名前を呼ばれて、自分がサルジュを見つめたまま、動きを止めていたことに気が付いた。

「あ、すみません……」

恥ずかしくなって俯くと、サルジュが笑った気配がした。

「少し休憩しようか。今、お茶でも」

「あ、わたしがやります！」

アメリアは立ち上がり、部屋の隅に移動して、お茶を淹れる。

王族の居住区に住んでいる者には、それぞれ専属のメイドがいる。

アメリアにも、ここに住むようになってからずっと、専属になってくれたメイドがいた。少し年上で優しくて、信頼できる人だ。

でも、王子であるはずのサルジュの部屋には誰もいない。

研究に集中したい彼が、必要ないと言って断っていたらしい。

だからお茶くらいなら自分で淹れるし、部屋の掃除や整頓などは魔法を使っていたようだ。

サルジュの魔法が兄たちよりも多様なのは、こんなふうに色んなことを、魔法で解決してきたからかもしれない。

人の出入りがあまりないからか、サルジュの部屋はいつも静かで、あまり生活感がない。

図書室のようだと思ったのも、それが原因かもしれない。

そんなことを考えながら、ふたり分のお茶を淹れ、ひとつをサルジュに差し出す。

「ああ、ありがとう」

サルジュは資料から目を離し、アメリアからお茶を受け取った。

一口飲むと表情を和らげて、部屋の中に視線を巡らせた。

アメリアもつられて、サルジュの部屋を見渡す。

たくさんの本に、資料。

窓辺には鉢植えが置かれて、見たことのない植物が花を咲かせている。

部屋の隅には絵を描く道具があり、床にはサルジュが描いただろう絵が、いくつか無造作に置かれていた。

「ここは昔から、ひとりになれる唯一の場所だ。この部屋で過ごす静かな時間は、私にとって大切なものだった」

彼は静かな口調で、そう語る。

メイドの立ち入りを拒むほど、ひとりで過ごすことを好んでいたサルジュ。

出会ったばかりの頃も、よく護衛の生徒を置き去りにして、ひとりで行動していたことを思い出す。

それもきっとビーダイド王国の情勢が、あまりよくなかったせいだ。

サルジュの研究には大きな期待が寄せられていて、彼もまた、この国の食糧事情を解決しようとして、懸命に研究を続けていた。

人がいると気が散ってしまう彼には、静かな環境が必要だったのだ。

サルジュの視線がアメリアに向けられ、目が合うと、彼は柔らかく微笑む。

「でも今は、アメリアが傍にいてくれた方が落ち着く。ひとりで過ごしていると、むしろ集中できないくらいだ。こんな日が来るなんて思わなかった」

「サルジュ様……」

一緒にいると、安らぐ。

そう言ってもらえるのは、サルジュの忙しさを知るだけに、何よりも嬉しいことだった。

「わたしも、サルジュ様と一緒にいると安心します。できればもっと前から、お傍にいたかったです」

そんなことはできないとわかっていたけれど、つい口にしてしまっていた。

「私も、最初からアメリアの婚約者が私だったら、と思うことはあるよ」

けれどサルジュはそんなアメリアの発言を笑うことなく、自分も同じようなことを思ったことがあると打ち明けてくれた。

「でも、出会い方が違っていたら、関係性も変わっていたかもしれない。今のアメリアが好きだからこそ、これでよかったのだと思う」

「……そうですね」

好きだと不意に告げられて、アメリアの頬が赤く染まる。

夫婦になったのに、まだ初々しいアメリアを見て、サルジュの笑みが深まった。

「大切なのは、これからのことだ。研究だけではなく、アメリアと過ごす時間も大切にしていきたい」

何か一緒にやりたいことや、行きたい場所はあるかと聞かれて、アメリアは部屋の隅に視線を向けた。

「サルジュ様が絵を描いているところを、一度見てみたいです」

「絵を？」

サルジュは少し驚いた様子だったが、すぐに承知してくれた。

「それなら一緒に描いてみようか。ちょうど明日あたりに、あの花が咲くだろう」

そう言って彼が指したのは、大きな花の蕾だ。

見たことのない形をしていたので、サルジュが品種改良をしたものだろう。

「あの、わたしは絵を描いたことがなくて」

でもアメリアはきっと、サルジュのようにうまく描くことはできない。

そう思って断ろうとしたが、同じ時間を過ごすことが大切なのだと、思い直す。

「だから、色々と教えてください」

「ああ、もちろんだ」

サルジュは嬉しそうに頷いた。

こうして、ふたりの時間を少しずつ積み重ねていくのだろう。

それは数年経過したあとに思い返してみれば、きっと何よりも愛おしい、大切な宝物になるに違いない。

アメリアは花の蕾を見つめて、笑みを浮かべた。

この花の思い出も絵に描いて残しておくことで、いつまでも印象深く、記憶に残り続けるだろう。

# あとがき

こんにちは。櫻井みことです。

この度は、『婚約者が浮気相手と駆け落ちしました。王子殿下に溺愛されて幸せなので、今さら戻りたいと言われても困ります』の3巻をお手に取っていただき、ありがとうございます。

そして、この巻で最終巻となります。

もともと読み切りだったこのお話が、2巻、そして3巻と続くことができたのも、お手に取ってくださった皆様のお陰です。

2巻で少し心残りだった結婚式まで書くことができて、無事に物語を完結させることができました。

タイトルが長すぎて、SNSで宣伝しようとしても、タイトルだけで文字数がいっぱいになってしまったのも、今では良い思い出です。

夫婦になったふたりの話や、ふたりの子どもたちの話など、まだ少しだけ書きたいことはありますが、それは番外編や特典などで、書いていけたらと思います。

最後まで読んでいただいて、本当にありがとうございました。

少しでも楽しんでいただけたのであれば、とても嬉しいです。

そして、イラストを担当していただいた黒裄(くろゆき)先生。

先生が魅力的なキャラクターに描いてくれたお陰で、ここまで続けることができました。表紙の幸せそうなふたりや、結婚式のイラストに、とても感動しました。

ありがとうございました。

担当編集者様にも、本当に親身になっていただき、丁寧に原稿を見ていただけたお陰で、とても勉強になりました。こうして無事に最終巻を出すことができたのも、担当様のおかげです。

ありがとうございました！

コミカライズも始動するかと思いますので、そちらの方もどうぞよろしくお願いいたします。

またどこかでお会いできますように。

櫻井みこと

DRE NOVELS

# 婚約者が浮気相手と駆け落ちしました。王子殿下に溺愛されて幸せなので、今さら戻りたいと言われても困ります。3

2023年8月10日　初版第一刷発行

著者　櫻井みこと

発行者　宮崎誠司

発行所　株式会社ドリコム
〒141-6019　東京都品川区大崎2-1-1
TEL　050-3101-9968

発売元　株式会社星雲社（共同出版社・流通責任出版社）
〒112-0005　東京都文京区水道1-3-30
TEL　03-3868-3275

担当編集　藤原大樹

装丁　AFTERGLOW

印刷所　図書印刷株式会社


ISBN978-4-434-32269-3

ファンレター、作品のご感想をお待ちしております。
右の二次元コードから専用フォームにアクセスし、作品と宛先を入力の上、
コメントをお寄せ下さい。

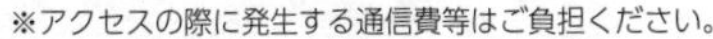

※アクセスの際に発生する通信費等はご負担ください。